越野

薛舒 著

上海文艺出版社

目录

越野
001

厌氧菌
047

绿手指
121

越野

一

明天开始我坐地铁上下班,不想开车了。结婚两周年纪念日的晚餐桌上,我对方圆说。

方圆把目光从酥烤牛小排的盘子里提起来,眼神亮了一亮,胖圆脸渐渐舒展开,厚而软的下巴内浮出第二轮肉圈:"为什么?"

方圆是理科生,物理学硕士,在我们这个著名的"金融"大都市里,他那些"量子力学""声光电学"和"原子物理学"并无用武之地,他只能去做一名中学物理老师。但他的思维方式保持着显著的经典物理逻辑,在他眼里,我的任何决定必须要有一个现实的理由。

我说我就是不想开车,没感觉了。

别告诉我"感觉","感觉"是不可靠的。

我相信感觉,就像现在,我感觉……想吃冰激凌。

那是你体内缺糖分,内火重,身体通过某种信号传达给你指令,要你摄入甜的和凉的。

我愕然,无言以对,方圆更来劲了:感觉不是因,感觉只是果。当然,有车不开要坐地铁上下班,那也一定有原因,心血来潮、突发奇想的背后,都是有原因的。

我喝了一口红酒,我说:为了减少排放,锻炼身体。

方圆眯起眼睛想了想:这勉强算原因。说完低头继续对付他的牛排。其实我没告诉他，我只是不想让他坐地铁上下班，不愿意看他一天两次挤在众多年轻的小白领中、前胸贴后背、闻着别人的口气，塑造一个站在落魄与失败边缘的中年男人形象。

在这之前，我并没有想过要把车让给方圆开。我们家的车，从买回来的第一天开始就是我的专用座驾。可是经历了两年的开车生活，我终于体会到了某种即将应验的趋势：长期在一线城市开车上下班，你不发疯致死，也会颓废至死。

试想一下，当你开着一辆越野车行进在龟速移动的城市高架路上时，你从起初的兴奋，到不久后必然加入"路怒"一族，慢慢地，你就开始颓废。除了颓废，我想象不出我的血管、肌肉、骨骼里还能滋生出别的什么积极的东西来。

是的，作为一个城市人，我拥有一辆毫无必要的越野车，方圆花钱给我买的，他明知道我不可能开车去越野，可他还是指着 4S 店里那辆几乎撑满整个展示大厅的白色汽车说：我要给你买这辆"牧马人"，想想，你开着它穿越可可西里、登上帕米尔高原、深入三江源……汽车戛然停下，你打开车门，你下车了，草帽、墨镜、波西米亚长裙、流苏大披肩、长发飘飘……这些话不像是方圆的原创，但我还是被他的描述打动了，那画面就像最新一期《国家地理》杂志封二的汽车广告图片。忘了汽车的牌子、型号，只记得从车里跨出的那个美女，正如方圆所说，草帽、墨镜、波西米亚长裙、流苏大披肩、长发飘飘，仙气逼人。

"汽车和美女总要相得益彰，尤其是越野车，必须要你这样的女人配。"方圆又补了一句。他简直换了一个人，很难想象一个把逻辑看得比情趣重要得多的理科生嘴里能吐出这样的话。可我还是内心羞涩外表豪爽地点点头：行，就买这辆吧。

我没在方圆面前说过为什么要订一本《国家地

理》杂志，我只是喜欢看那些漂亮到无懈可击的图片，山高水远的景致总是比城市更养眼。也并非唯独它值得我花钱订阅，而是我供职于一家与出版有关的参公事业单位，最大的福利就是免费阅读各种出版物，这导致我总是没机会报销书报费。恰好，《国家地理》不在免费阅读范围内，于是订了这本昂贵的休闲类杂志。

事实上，穿越可可西里、登上帕米尔高原、深入三江源，这些都是我每个月收到《国家地理》后的视觉盛宴，我通过阅读一本色彩绚丽装帧精致的杂志来完成旅行的意淫，我想象自己到达了那些地方，用眼睛以及大脑。至于我的身体是否去过那里，这重要吗？

一个星期后，我嫁给了方圆。"牧马人"是他娶我的聘礼，花尽了他所有的积蓄。事实上，嫁给方圆的理由并非一辆"牧马人"，我看上的是他的智商，物理学硕士的大脑使我不能理解却又充满好奇，他可以提高我们孩子的智商，当然是在未来。其实方圆的情商也不低，就在买车的那天，我看出来了。他用一辆越野车告诉他的未婚妻，有些梦想是可以拥有的。于是我拥有了一辆"牧马人"，虽然我从没有开车去越野的梦想，但从这会儿开始，我可以试着想想了。

我住进了方圆租的房子，他和我约定，暂且不要孩子，等我们开着"牧马人"走遍《国家地理》杂志上出现过的那些地方，我们再考虑下一步做什么，比如，买个房子、生个孩子……这是你想要的生活，我知道，方圆说，可是你更应该知道，这只是过日子，过日子而已。

方圆这么说的时候，我觉得他像一个外星人。可是外星人有外星人的优点，他不会和你计较柴米油盐，他也不会干涉你的自由，他自信，从不怀疑自己的追求，虽然他有限的薪水不足以让我们轻松买下大都市的房子，但他对我从不抠门……这些都是我欣赏的男人模样。所以，尽管他不怎么浪漫，也不会用甜言蜜语哄人，但我还是嫁给了他。

二

据说地铁十号线是著名的文明线路，全上海十七八条地铁，十号线的让座率最高，大多站点乘客都能遵守"先下后上"和自动扶梯"左行右站"的规矩。这是我在微信朋友圈里看到的一条转帖，此帖让我颇觉骄傲，因为现在，我就是地铁十号线每日光顾的常客，并且，我也时刻做好了让座的准备，有老弱病残孕上车，只要让我看见，我是一定会站起来的。

那日，一对貌似闺蜜的少妇站在我跟前，两人各自拉着一根吊环聊天，抑或小声嬉笑。少妇自然是不需要让座的，我坐得心安理得，间或接收到一两条从头顶上方下达的信息，对周末加班的抱怨，对某位女明星是否整过容的猜测，或者关于 LV 包包日渐庸俗以后该选什么品牌的忧虑。我在看一本书，诺贝尔文学奖得主帕特里克·莫迪亚诺的小长篇《青春咖啡馆》。我不能断言我与她们有什么不同，但可以确定，地铁车厢是一种包容度极大的容器，我们都是其中的"物质"，如此而已。

为了防止坐过站，我通常在用眼睛阅读的同时用耳朵倾听站名播报，于是不可避免地听见了乘客的交谈、吵架、讲电话。一如此刻，那对窃窃私语的女人在我头顶声情并茂地聊天，使我停留在《青春咖啡馆》第一〇九页，那里有一行字：

我更愿意在一个春天的夜晚信步走到香榭丽舍大街上。

我身处的城市被人们叫做"东方巴黎"，这里有著名的南京路和淮海路，却没有香榭丽舍大街。

此刻我是在上班的途中，拥挤的地铁里，好在我有座位。我低着头，眼睛盯着书页，头顶上的声音轻盈得像两只蝴蝶，有时忽闪而过，有时直扑耳鼓。我听见其中的豆沙嗓说一句："噢哟，又踢我……"与此同时，我的眼角余光里闪过一轮蓝影，坐在右侧的乘客站了起来。应该，他是一个年轻男人，有纯正但轻弱的男声：你坐吧。

只有年轻男人才会有这么干净的嗓音，没有痰气，没有烟气。并且，只有年轻男人才会用这么轻弱的声音给别人让座，女人会用干脆、尖锐、热情四射或者嗲里嗲气的声音叫唤，女人是不需要分年轻还是年老的，女人与女人，没多大区别。至于中年男人——我就从未见过中年男人在地铁里让座。

曾经，我智慧的同事小燕说过，但凡到了中年还要挤地铁的男人，大多不会让座。我当即搜索了几遍脑库，记忆中，的确很少见到挤地铁的中年男人，更少见到中年男人让座。小燕说：最愿意让座的人有两种，一种是纯洁而又体力充沛的小伙子，另一种是善于将心比心的年轻妇女。你想想，智商、品质、境界都够高的男人，哪有到了中年还没买车的？挤地铁的大叔，多半事业不太成功、经济不够宽裕，这种人容易迁怒社会，不愿意向陌生人表达友善……

这是小燕怀孕期间每天坐地铁总结出来的经验，后来她生完宝宝，他们家就买了一辆车，两口子商量好，车归小燕开，等她老公满四十岁，算小中年吧，车就给他开。不过，她说：他很要赖的，老缠着我要开车。有一次他起了个大早，很献媚地给我做了早餐，然后上班去了，等我吃完早餐准备出门，才发现停车位是空的。晚上他回家，一进门就自己抱块搓衣板跑来问我，要不要跪上去？

我说，我们家方圆倒从不抢车开。话一出口，我忽然意识到，方圆已过四十，眨眼就要进入中年，他给我买了一辆越野车，自己却要挤地铁上班,会不会他给人的印象,就是一个事业不太成功,经济不够宽裕,抑或智商、品质、境界都不够高的、买不起车的男人?就在那天,我决定要坐地铁上下班,把车让给方圆开。

其实坐地铁上下班也没什么不妥,一个月了,我每天过着平凡而又接地气的生活,我不必担心堵车导致上班迟到,最关键的是,我还可以在地铁上看书。这一个月,我已经在地铁上读完了一本书,现在我正在读第二本,帕特里克·莫迪亚诺的《青春咖啡馆》,第一〇九页。然后,我眼角的余光瞥见坐在右侧的蓝色身影站起来,他说了三个字:你坐吧。清澈的嗓音,没有烟气和痰气。是的,我断定那是一个年轻男人,我的耳朵很敏感,大多时候我能记住听过的声音,还能辨认出这个声音的年龄。

我头顶上的豆沙嗓发出一串豆沙还原成众多小豆子滚来滚去的"咯咯"笑声,她没有说"谢谢",她坐下来,紧挨着我。我始终低着头,后背却已泌出一阵微汗,车厢里太热,我摘掉脖子里的小丝巾,手肘不小心碰到右侧的胳膊。迅速缩回手臂:"对不起。"同时,我看见右边一抹丘陵般微隆的腹部,草绿底色白圆点图案覆盖,仿佛小山坡上开满白色雏菊。

地铁停靠南京东路站,忽然很想下车,不想听豆沙嗓的"咯咯"笑声,也不想听头顶上蓝色身影的清澈声音,尽管他们没有再说话,我也不想与他们挤身于同一节车厢。匆忙站起身,挤过人群,跨出地铁。车门闭拢,列车呼啸而去,绿色山坡上开满雏菊的微隆腹部闪电般消失在铁轨尽头。我站在原地,等候下一列地铁。

两线交汇的中转站,身后迅速排起长龙,又一班地铁呼啸而来,随着人流挤进车厢。没有座位,我松了口气,不必担心一个颤颤巍巍的老人抑或一个挺着孕肚的女人站在你面前,而你正埋头看书或者闭眼瞌睡,你没有让座……在地铁里,没有座位的人通常占据道德制高点,他们有资格指责不让座的人。

地铁启动,举手抓吊环时,忽然发现,适才一直捏在手里的《青春咖啡馆》已然不见。

三

方圆成为我丈夫的时间有多久,"牧马人"作为我座驾的历史就有多久,到目前为止,总共两年。事实上,过去的两年中,这辆身躯庞大骨骼坚硬的白色越野车从未行使过越野的功能,我只是每天开着它上下班。它像一个羞涩的大男人,在一群叫做"甲壳虫"、"MINI COOPER"、"SMART"的小女生中左顾右盼、小心翼翼,就怕一不小心踩到人家的脚指头,搞得人家骨折了,擦破皮肤了,拉伤肌肉了。它在小女生群中时停时歇、气喘如牛，仿佛一个高原大汉忽然来到零海拔地区，不可避免地遭遇醉氧。更可怖的是，每次把它开进我们那有着"花园单位"荣誉称号的局级小院，那就是一次驾照考核。当它四仰八叉地停泊在亭台楼阁、小巧玲珑的围墙内，就像姚明坐在七个小矮人的迷你城堡里那样不合时宜。两年来，我的驾驶技术有了飞速的长进，尤其是侧方移位和倒车停车，直逼当年把我训得狗血喷头的驾校教练。当然，我从没有戴着草帽和墨镜、穿着波西米亚长裙和流苏大披肩开车，虽然我长发飘飘，但我常常把头发绑成一个丸子顶在头上，这样干净利索，头发不会挡住视线……到目前为止，"牧马人"的行驶记录总共是一万四千五百公里，最远去过绍兴和无锡，剩下的就是从住地到单位，每天一个来回。算起来，我的"牧马人"大约以平均十公里的时速行驶，这是常态。作为一辆越野车，它差不多可以领残疾证了。

方圆常常用幽怨的目光看着他给我买的车，眼神里流露出"暴殄天物"的哀叹。而我也愈发变得慵懒和颓废，一辆需要强大的行动力去发掘其能量的汽车，让我这样一个朝九晚五的小公务员感到无可奈何。

结婚两周年，王品台塑牛排店很轻的背景音乐，帕格尼尼随想曲，我喜欢的小提琴。脑中出现一条湿漉漉的石板路，两边有尖顶的教堂耸立，少年的背影正急切逃离画面。我小声问方圆：你，有没有结婚前的梦想，到现在还没放弃的……

方圆垂着眼皮努力切一块酥烤小牛排：什么？放弃什么？

我深吸一口气，放大音量：我放弃开车，从明天开始坐地铁，车你开吧。

方圆终于抬起眼皮，脸上缓缓流出几缕窃喜。在情感表达上，他总是迟钝木讷，他说：为什么在结婚纪念日告诉我？炒我鱿鱼？并不擅长开玩笑的男人，说完自己率先"嘿嘿"笑起来。

我断定，他一直等着我放弃开车，物理学硕士的严密逻辑告诉他，"牧马人"的法律所属人是我，尽管是他花钱买的，可他必须得到我的赠予才能驾驶它，要不就得"借"。向自己的老婆借车开，多没面子！还记得那两次长假，去绍兴和无锡，全程都是他开车，当然是在我的要求下。看得出，方圆很兴奋，就像一个把玩具送人之后不好意思讨回来的孩子，人家忽然给他玩两天，这孩子就像要把本钱玩回来，玩得废寝忘食，玩得夜以继日。他在高速公路上把时速飙到一百八十公里，他还故意开错路，恨不得把一百公里的国道开出二百公里的实际里程。

然而，从无锡和绍兴回来，越野车又驮着我淹没在每天的堵车大潮中，方圆用目光抚摸"牧马人"时重又饱含幽怨。直到结婚两周年的餐桌上，王品台塑牛排店卡座里，帕格尼尼炫技般轻而快速的弓弦声中，我宣布我不开车了。

方圆不愧是理科生，当晚就替我规划好了三种可抵达我工作单位的交通方式，并在每一种交通方式下标识若干提示和注意事项，诸如"下车左拐步行五百米"之类。其实他根本不用替我规划，我早就想好了，坐十号线，虽然出地铁口还要步行一公里才能到单位，但我是起点站上车，有座位，可以安心看四十分钟书。

也许怕我反悔，临睡前方圆又问了多遍：真的要坐地铁？不再开车了？你确定？

确定。我斩钉截铁地回答，说完闭上了眼睛。十秒钟后，耳畔传来隆重的鼾声，方圆终于放心睡熟，他足足等了两年，终于要成为"牧马人"的主人了。也许有可能，事实上这辆"牧马人"，压根他就是为自己买的，我使用了两年才明白过来。

从现在开始，我不再需要对越野车负责了，也不用去想什么草帽、墨镜、波西米亚长裙、流苏大披肩，更不用想哪年哪月才能走完《国家地理》杂志上那些我从未抵达过的地方。这么一想,我如释重负。

四

《青春咖啡馆》被我弄丢了,这是我在地铁上阅读的第二本书,帕特里克·莫迪亚诺写的,我正读到第一〇九页,最后一眼看见书页上的那行字是:

我更愿意在一个春天的夜晚信步走到香榭丽舍大街上。

我还记得它前面一句是这样的:

我甚至在想,那些街道是否还存在,是否已经被那些黑暗物质永远吸走了?

当时我被两个聊天的女声打断了阅读，接着，坐在右侧的乘客站起来给孕妇让座，再接着，地铁停靠南京东路站，我匆匆下车，几分钟后，发现书丢了。

我只能换一本书，这回带的是霍金的《时间简史》，刚结婚时方圆推荐给我的。这本书他也推荐给了他那些中学生们，他希望通过此书达到科普的目的。可是它在我们家的书柜里静躺了一年多，我从未打开它哪怕认真读过一页，直到今天。

地铁里的阅读让我有种安全感，虽然依然需要时刻关注周遭，但凡有"老弱病残孕"上车，我还是要站起来让座，当然，不能排除我没看见，埋头苦读或者闭眼瞌睡并非特例，错过让座的机会肯定有，但我并非故意，所以，我的偶尔没让座，不至于拉低十号线的整体素质，我试图这么想。

地铁启动时，我已翻开《时间简史》，扉页上有一行水笔手写字，显然是方圆的笔迹：

> 所有的科学不是物理学，就是集邮。
> ——卢瑟福 Rutherford Ernest（1871—1937）

我不认识卢瑟福，不知道他是哪国人，想必他是一个自负的人，他看不起物理学以外的所有学科。方圆大有步其后尘的迹象，虽然他从未说过看不起我，但他常常对我那份需要加班加点的工作表示不屑。这没有任何意义，他说，管理的目的是要让工作有效率地、良性循环地完成，你们的工作，完全是"避简就繁"。方圆刚开车一个月，一个月还不够他体验什么是真正的避简就繁，不久的将来，也许他会发现，在城市里，越野车的功能就是避简就繁，它对滋养血液中的颓废元素效果奇佳。

地铁停靠南京东路站，更多客人上车，我一直低着头看书，耳朵里还插着耳机，新下载的帕格尼尼使我的地铁之旅一路轻快急切。这回脑中不再是湿漉漉的石板路，也没有逃离的少年，而是一种弥漫的气味，比如薰衣草，风吹过，"扑啦啦"地飘来，抑或巴黎圣母院，穿布裙的女人赤脚攀爬简陋的钟楼，动作敏捷，一脸轻快。让自己保持活力的最好办法就是读书、听音乐、挤地铁，同时进行。当然，不能忘记倾听站点播报，还有四站，我将下车。忽然，一只手从人群中伸出，直逼我眼前，头顶上方同时传下声音，从帕格尼尼的缝隙里钻入：你的书，还给你。

轻弱的嗓音，没有痰气，没有烟气，音质干净。那只手上果然有一本书，淡蓝封面，掉了封套，半旧，《青春咖啡馆》，没错，是我的书。

我说过，我的耳朵太过灵敏，我能记得听过的声音，我还能听出这个声音当属一个年轻人，那个给豆沙嗓让座的人：你坐吧。是的，就是他。

慌忙拔下耳机，抬起头，矗立在眼前的却是一个中年男人。他说：总算找到你了。还是轻弱、干净的声音，与他眼角的皱纹和青色的腮帮子不般配。

可他的确是个中年男人，挤地铁的中年男人。他一手抓吊环，一手持书本，没有任何表情。我接过书，说声"谢谢"，心里却狐疑，他是怎么找到我的？传说中的跟踪狂？

也许我的表情暴露了内心疑虑，他不问自答：

"五天前，你在南京东路站下车，上午八点十五分，你把书忘在座位上，我捡到了。"

"你下车时拎着一个花布包便当盒，我猜你是上班族，应该会在每天同一时间坐地铁。"

"我也坐这班地铁，五天了，希望可以巧遇书的主人。"

"我没指望真能遇见你，正打算侵吞这本书，却发现了你。南京东路站过了，你没下……"

我听着他轻描淡写而又流畅的叙述，不断脑补着发生在五天前地铁上的一幕：身侧开满白色雏菊的小山丘让我决定提前下车，南京东路站到达的瞬间，我站起来，低头挤出人群，然后，给孕妇让座的男人发现了我掉在座位上的书，他捡起书，却来不及叫住我。车门关闭的刹那间，他在车厢里看着屏蔽门外的我，他记住了我这副嘴脸……

脑中闪过小燕关于中年男人挤地铁不让座的理论，忍不住仰头打量眼前的男人。我不记得他的长相，可我记得他的声音，出乎意料，他不年轻，鬓角处有几缕白发，鱼尾纹浓密而厚实，棕色的脸部皮肤并非日晒的效果，而是岁月的沉淀。

忽然生出些许抱歉，不由脱口而出：对不起。却不明白究竟是对天下所有中年男人抱歉，还是仅对眼前的男人。便主动解释：我坐这班地铁上班，不过不是南京东路站下，我要到陕西南路。

男人"呵呵"一笑：我也有过，坐过站，或者下早了，都有。

我抬起脸，再次说"谢谢"。他看了我一眼，说：不必。然后，他就这么站在我面前，一手抓着吊环，身躯摇晃着，轻柔而干净的声音从我头顶不断飘下：

"其实应该我谢你，书我读完了，《青春咖啡馆》。"

"我到交通大学站下，每天这时候总是最拥挤。"

"所以我建议，老弱病残孕出门要错开早晚高峰。"

他几乎是在自言自语，可这句话却突兀，心里顿时溅起点滴恼羞成怒的火星，脱口而出：你判断一个女人怀孕的依据是什么？有的人只是有点胖。

他一愣，随即笑了笑，没有回答我。我开始后悔自己口无遮拦，这样只会暴露我虚弱的内心，可是，我又何必为没给一个微胖的貌似孕妇的女人让座而觉羞愧？

陕西南路站到了,我礼貌地招呼了一声:谢谢你,再见!

地铁停下的当口,他跟着挤到我身后。我有一种被窥探到隐私的羞怒,浑身紧绷着,就等车门一开箭步飞出。却听他说:三个月内,还是少去人多的公共场所为好。

一阵毛骨悚然,想到发生在巴黎的"暴恐"事件,低头,《青春咖啡馆》安然无恙地捏在手里。就是书里写的那个巴黎,闹市街头,人头攒动,一个被人遗落的双肩背包忽然爆炸……我像一粒蹦出罐头的青豆一样跳出车厢,踏上地面那一刻,我扭过头。车门内,笔挺的白色立领衬衣,中年男人特有的棕色的脸,眼角的皱纹是岁月的标志,青色的下巴表示这里已经被剃须刀耕耘过至少二十年以上。

看起来沉稳、深刻,不露声色的中年男人,没有背双肩包。交通大学还有两站,他跟着我挤到门口是为方便下车?

五

方圆"离家出走"了,在他拥有"牧马人"之后的第二个月,也许是早已计划好的,或者是有了工具,自由就成了抬腿间的事儿。他给我留了一张字条,贴在冰箱上:

> "牧马人"需要到野地里去练练,我会安全回家的。

我并不担心方圆的安全,也不认为这是他不负责任的表现,他的行事风格素来线条清晰而少有啰嗦,忽然出行这样的事,并非不在我的预想中,他一定有他的理由。翻看日历,才发现已是7月1日,中学放暑假的第一天,于他而言,这就是最直接的原因,也不知道他是独自一人还是呼朋唤友一起上路的。以往他靠给学生补课来打发寒暑假时间,我们因此会获得一笔不菲的收入。可是这个暑假,他有了"牧马人",于是他就去越野了,俗套得如同网上说的那样,来一场说走就走的旅行。

我搜索了一遍我们那套由一个卧室、一个客厅以及狭小的厨房和卫生间组成的出租屋,他的笔记本电脑不在书桌上,微单相机也不见了,打开衣橱,缺了好几套他的内衣,外套倒是没少,大概是穿了上个礼拜他自己在淘宝上买的打折冲锋衣,据说是"北脸"牌……他早就等着这一天了,这两个月,他兴高采烈地开车出门,喜气洋洋地开车回家,目光里全然没有了以往的幽怨。他还在卫生间里长时间翻阅《国家地理》,有一次,他把一本新到的杂志撕成了散片。我问他要干吗?他说:去芜存真,一半多广告,没几页可看,不方便随身带。

我想问他要带到哪里去,还没说出口,却见地上一大堆被撕下来的广告中，有一页正是我们那辆白色"牧马人"。高大帅气的汽车停在沙漠中，烈日照耀下，车身烁烁发光，车门敞开着，一个脸上架着墨镜、头上扣着宽檐草帽、肩上搭着流苏大披肩、腰间系着波西米亚长裙的女人，正迎着阳光跨出车门。

同一则广告在多期杂志上反复出现是司空见惯的事，那个越野美女不是我，买"牧马人"的时候，方圆给我的理由，大概只是为了说服他自己，我想。

我没问他要把去掉广告的《国家地理》带去哪里，只是把撕下来的废页扔进了垃圾桶。现在，方圆终于去越野了，他不是未成年人，我没有权利阻止他出行，我们的薪水从没有合并过，我也无法通过他带走多少钱来分析他会离开多久。当然，我更不可能把他追回来，这有失我的尊严。还有，我必须去上班，数不清的文件、表格、审批书、合同协议、费用预算等着我提交上级部门、请领导签字、发下属单位，数不清的会议等着我做议程、发嘉宾请柬、做会务准备，我请不出假，一年五天的公休只够我飞一趟日本或者泰国，买上著名的马桶盖电饭煲眼药水然后飞回来，可我对这些没兴趣……不知道方圆现在驾车到了何地，他的目的地又是何方，可可西里？帕米尔高原？三江源？我想象着这些并非我的梦想的名字，心里生出些许并非我预料中的失落。

方圆"离家出走"了，可我还是要去上班，坐地铁，每天。《青春咖啡馆》找回来了，我把它扔在家里，没想过要从一〇九页继续读下去。《时间简史》不厚，却艰涩难读，可我还是带着它。"下一站，陕西南路，请到站的乘客提前准备下车。"广播清晰播报，地铁恍然停下。出地铁口，步行一公里，途中总会遇到若干孕妇。这世界，总要有人忙于应付工作，有人恣意生活，有人实现梦想，还有人为人类的繁衍作出贡献。

我没有给方圆打电话的欲望，一丝都没有，除非他打电话给我。可我知道，想要接到他的电话，除非出事了。这是他一贯"无事勿扰"的做派，缺乏人情味，却不得不承认，极其有原则。做了两年夫妻，我对他熟知而了解。我没想过要改变他什么，他也没有，我们彼此尊重，谦让而和睦。他给我买车，严格遵守使用权和所有权高度统一的原则，我认为，那是他对我的诚意。可是现在，我有些怀疑，世上的恩爱夫妻是不是都像我们这样？

是啊，我们怎么就从来没有彼此耍过一次赖？就像小燕的老公偷偷把车开出去，回家主动要求跪搓衣板。我的老公从不抢我的车开，可我的老公却在获得我放弃的"牧马人"后独自去越野了，他永远不会在我面前主动要求跪搓衣板，不可能。甚至，没事打电话也被他认为多余。相处不累，才能长久，他一直这么说。

下班坐地铁回家，照例是没有座位的，中转站换乘地铁永远人满为患，我却在车厢里用目光默默搜寻周遭乘客，但凡腹部微隆的女人，我都要打量一番，然后循着她站立的位置，看向离她最近的那个坐着的乘客。我没有座位，别人是否让座与我无关。拿出《时间简史》，帕格尼尼在耳朵里强行演奏，像一部链条"哒哒"转动的自行车，在满地飞舞的落叶中踏行。我抓住吊环，开始阅读：

为何我们从未看到碎杯子集合起来，离开地面并跳回到桌子上？通常的解释是，这违背了热力学第二定律所表述的在任何闭合系统中的无序度或熵总是随时间而增加。换言之，它是穆菲定律的一种形式：事情总是趋向于越变越糟。也就是说，人们很容易从早先桌子上的杯子变成后来地面上的碎杯子，而不是相反。

霍金的话令我难以理解,但我记住了这句话:事情总是趋向于越变越糟。自行车链条在耳中"咔嗒"断掉,落叶旋转着趴在地上,路依然没完没了,看不见尽头。强烈的不安突然袭来,拿出手机,犹豫又犹豫,然后,给方圆发出一条短信:

一切都好吗?

我希望杯子保持完整,即便已经有裂痕,一旦掉在地上摔碎,再不可能跳回桌上复合。方圆很快回来短信:

每时每刻,我们看到的一切,都是它的过去。

无法确定他这句话应该从物理学角度还是哲学角度去理解,更无法判断他的具体所指,却又莫名恐慌，感觉自己正在失去支撑，失去某种保住自尊的优势，哪怕只是一辆车的驾驶权。于是追了一条短信给方圆，是一个最普通的妻子该说的话：

什么时候回家？

方圆没有回复。地铁到终点站，剧烈饥饿，直接进了小区门口的麻辣香锅店，野心勃勃地点了一份五十元的餐。铁锅端到面前，开始大口吞吃五颜六色的牛百叶、午餐肉、笋尖和魔芋。自从坐地铁上下班，我的胃口变得越来越大，我甚至感觉自己正在向微胖界发展。方圆就是一个微胖男，这样下去，我和他，我们会越来越有夫妻相的，可我们也许已经开始了南辕北辙的疏离，我担心。

吃完麻辣香锅，结完账，方圆的短信来了，是一张彩信图片。似是高原上溪流纵横的草场，远处好像有雪山，只是暮色已临，一切都显黯淡无光，白色"牧马人"亦是一身斑驳污泥,停泊得委顿而凄凉。

这不是《国家地理》杂志上漂亮的图片,没有文字说明,也没有方圆的身影。他不喜欢用手机拍照,发来图片已是勉为其难。还有,他像老年人一样拒绝使用微信,这使他的行踪无法通过互联网随时向他人播报。为什么要随时播报行踪呢?他狡辩:当你收到我在喝水的信息时,我已经放下了杯子,这有意义吗?

感觉有些反胃,大概是麻辣香锅吃多了。这一夜,我起来三次,呕吐,喝水,再呕吐,再喝水。听说呕吐容易使人脱水,喝水不能治病,喝水只是希望事情不至于趋向越来越糟。

六

地铁车厢里,我低着头,耳孔里照旧插着耳

机，帕格尼尼可激发的活力已乏善可陈，可我依然读书、听音乐、挤地铁，同时进行。《时间简史》，第五章，地铁上的阅读已然进入我完全不能理解的桥段：

……任何粒子都会有和它相湮灭的反粒子，这就有可能存在由反粒子构成的整个反世界和反人。然而，如果你遇到了反你，注意不要握手！否则，你们两人都会在一个巨大的闪光中消失殆尽……

感觉一抹正在靠近我的阴影，也许是我的影子，或者是"反我"。想到这里我笑了，抬起头，阴影也在笑，笑着说：又遇见你了，你好！清澈的嗓音，没有烟气，没有痰气，从帕格尼尼的夹缝中柔软侵入。

我摘掉耳机，情不自禁地伸出手：你好！

如果这世上存在一个"反我",那我们握手的同时会不会彼此引爆,瞬间消解?

他青色的腮帮子上流露出稍稍犹豫,一秒钟后,伸出手。两只手相握的瞬间,我没有消失,他也没有。

我们已经有三面之交,可我仅仅知道他要在交通大学站下车,别的一无所知。他很自然,问我看的什么书。我合上翻开的书页,把黑色封面烫金标题的《时间简史》递给他,他接过去,随意翻看。我仰头看站着的他,比前一次更大胆,更仔细。

干净的寸头,鬓角修得很高,没有发胖的身材使他看起来健朗挺拔,但眼角有密布的鱼尾纹,额头上的皱纹亦是显而易见,棕色的脸颊……好吧,中年男人,挤地铁的中年男人。

他感觉到我在看他,也看了我一眼,毫无慌乱的坦然的目光,然后把书还给我,说:今天我也到陕西南路。

我保持着并非亲密友人之间不期而遇的客套:是吗?好巧。

他看了一眼手机:我要去长乐路……长乐路与陕西南路交错,每天我都在步行去单位的途中经过。

我没有接他的话茬,插上耳机,低头继续看书。

陕西南路站到了,我站起来,他侧身,让我先过。出站时,我指着全家便利店对他说:买点东西,有机会再见啦!

他点点头:再见。却又叫住我,补了一句:尽量少去人多的公共场所,尤其是这几个月。说完扭头向出口走去。

心脏狂跳着在全家便利店磨蹭了十分钟,看面包的价格,看三明治什么夹心,看关东煮的丸子有几种,然后,什么都没买,想象中年男人已经走远,我才出了站。

沿着陕西南路走向我那花园单位,始终处于忐忑中。一个衣冠楚楚需要挤地铁的中年男人,终归令人疑惑,他让座给孕妇,他为了把一本小说还给失主连续五天在地铁上找我,他有理有节并且告诫我少去公共场所……低头,《时间简史》还捏在手里。

找到人行道上离我最近的垃圾桶,黑色封面烫金标题的书被我扔进去,发出"扑通"一声,环卫工人很勤快,刚收拾过,垃圾桶里还很空。扔完书我快步离开,一公里步行路程,我想象着黑色的《时间简史》在垃圾桶里发热、冒烟,明知不可能,却竖起耳朵倾听身后,倘若发出一声爆炸的巨响,倘若那是一个以书的形式伪装的炸弹,倘若那本书里藏着一个"反我"……我不再如同往日那样一心埋头赶路,过长乐路时,我更是左顾右盼、东张西望,我不想遇到那个将熟未熟的中年男人。

我没有遇见中年男人,我看见陆陆续续开门营业的母婴用品商店，还有转角口的墙上，一枚并不太过显眼的箭头形指示牌，上面写着：

妇婴保健医院，长乐路×××号。

从未注意过，这里竟坐落着著名的妇婴保健医院，怪不得总会在地铁口到单位的一公里路途中看见孕妇出没。我扫视了一圈周围路人，立即发现三个孕妇，两个身边有男人护驾，一个由年老妇女陪同。

过横道线时，行人绿灯只剩下五秒，前面有一位正缓慢行走的胖大女人，按以往的习惯，我会绕开她快走几步，在红灯跳出前过完马路。可是现在，我看见她肥硕的臀部以及挺胸昂首的走姿，以及小心搀扶着她的细瘦男人，便跟在距离她一米之外的身后，同样缓慢地行走在横道线上。红灯已然亮起，十字路口正待启动的汽车里，司机用急不可耐的目光瞪我,可我心安理得。

是的,今天我才发现,这是一条孕妇街,每天都有络绎不绝的孕妇去妇婴保健医院例行体检,或者从医院检查完出来,她们让这条街充满幸福,同时危机四伏。跨上街对面的人行道时,我忽然想明白,那一回,我在南京东路站提前下车,并不是因为没给孕妇让座而觉羞愧,而是别人让座了,这让我无法心安理得。

我有点想念开着"牧马人"在城市高速路上堵成狗的日子,尽管无法去真正的原野飞驰,可是至少在一辆车的空间里,我是自由的。

七

终于重新拾起读到一〇九页的《青春咖啡馆》:

我更愿意在一个春天的夜晚信步走到香榭

丽舍大街上。如今，真正意义上的香榭丽舍已经不复存在，不过，到了晚上，它们还能给人造成一种假象。也许，走在香榭丽舍大街上，我依然能听见你唤我名字的声音……

可是，捧着失而复得的书，视线停留在一○九页，我却无法做到在地铁里安心读书，任何一个站在我面前的乘客，我都要留意他们是否年老，是否体弱，是否面带病貌，是否身有残疾，或者是否怀孕……

从地铁口走向单位，经过那只曾经装过《时间简史》的垃圾桶，我总要多看它一眼。它安然无恙地站立在原地，日复一日。

暑假还没过去，方圆还没有回来。读书、听音乐、挤地铁，这些同时进行的活动并未洗涤我日渐慵懒的血液，帕格尼尼随想曲的节奏根本无法带动我，原以为在大都市里开车让我变得颓废，现在我不再开车，可我连偶尔的愠怒都不再有。并且，有一件事令我疑虑重重，月事逾期不来，我有种预感，这让我喜忧交加。

小燕说，去医院看看吧，我在办公室留守，放心。

下午溜班去妇婴保健医院，排队挂号，排队候诊，排队付费……到处排队，被身前身后众多排队的孕妇包围，没有谁给谁让座的规矩，谁都挺着大肚子，我羽量级的身材和腰围甚至让我尴尬和羞愧。这让我不禁产生错觉，好像世上所有的孕妇都聚集到了这里。

排队取尿检单时，隐约听见远远的，一个颇具辨识度的声音穿透嘈杂人声传至我耳中，没有烟气，没有痰气，当属年轻人。循着声音看向人群，白大褂男医生领着一群实习生从走廊那头走来，越走越近，然后，在我面前鱼贯而过。中年男医生显然是导师的样子，他对学生说的那些词汇，在我听来极其陌生,"器官功能"、"内分泌系统"、"微创精准度"、"整复治疗"……他有棕色的脸部皮肤,鱼尾纹密集,青色的腮帮子刮得很干净,却刮不尽年岁的痕迹。

拿着妊娠三个月的诊断单走出医院时,我回头看了一眼挂在大门上的标牌,"交通大学医学院附属"的字样,让我想通一个陌生男人两次提醒我"最近几个月少去公共场所"的理由,我也终于相信,这世上的确有人能区分什么是微胖,什么是怀孕。并且,下次我还想和小燕探讨一下关于"中年男人坐地铁不让座"的理论,尽管我们都有可能犯下以偏概全的错误,但我们的确不能证明,实践与理论之间的关系究竟有多复杂。

回家的地铁上,我拿出手机,这回没有丝毫犹豫,给方圆发了四个字:

我怀孕了。

晚上,方圆主动给我打电话,十分难得。他气喘吁吁的声音从遥远的青藏高原传来:我到那曲了,在这里,走每一步路,说每一句话,都要用全身心的精力,要不你就会窒息,你会死掉……

顾不上说怀孕的事,我急着问他:你是不是缺氧了?是不是透不过气来?

我问我的,他说他的:青藏路一马平川,开着"牧马人"一路向西,就好像要开到天上去,这里的天很蓝很蓝,云很低很低……

这不像方圆说的话,可电话里的声音就是他。我说:方圆你带氧气罐了吗?那曲的海拔是多少?你得吸氧。

他停顿了一小会儿,然后,我听见他喘着粗气,大声喊道:在这里,你必须用力活着,才能活下去……

电话断了,我的耳朵还贴在手机上,眼睛忽然一热，不知道为什么，眼泪居然涌出来。有些时候，理智并没有发现一切已改变，可是感觉不会骗人。

我找出被方圆拆得支离破碎的《国家地理》页片，我想再看一眼那张广告图，白色"牧马人"停在沙漠中的样子高大威猛，烈日照得车身烁烁发光，车门敞开着，一个脸上架着墨镜、头上扣着宽檐草帽、肩上搭着流苏大披肩、腰间系着波西米亚长裙的女人，正迎着阳光跨出车门……可是没有，找不到了，但凡广告页都被剪下来扔掉了。

我开始怀疑，是不是决定把车让给方圆开，本来就是错的？于是拿出手机，给方圆再次发去一条短信：

等你完成了梦想，我就要过我的日子了。

发完短信，已觉手瘫脚软、筋疲力尽。

直到午夜,方圆才回复短信,大概挣扎了许久,他说:回去后,车还是你开,孕妇挤地铁不安全。

方圆真是个聪明人,他完全领会了我的意思,我希望腹中的孩子能遗传到他的智商,这是我嫁给他最初的原因,也是最"物理"的原因。现在,"牧马人"正载着他在越野的途中,也许他会比计划提前回家,我想。

我再次告诉自己:越野不是我的梦想,从来不是。方圆买下"牧马人"的时候,应该早就知道。

——原刊于《小说界》 2017年第4期

厌氧菌

一

江宇声朝天仰躺,张着嘴巴大口喘气,似乎他想通过空气的快速对流把弥漫口腔的厌氧菌排出。其实他是不想接吻的,可是不接吻他就无法使自己坚挺起来。米晓琳大概肠胃不适,或者牙龈发炎,只要离她一米以内,就能闻到迎面飘来一股食物发酵七成的气味,像臭鸡蛋,又像小时候母亲做腌菜的酱缸气。每次上床,江宇声总是想,米晓琳知道自己嘴里有味儿吗？只是想想而已，从未说出口。吻是必须的，他做不到没有前奏直接进入主旋律。近段日子，酱缸气益发严重，江宇声查了一下百度，大约了解米晓琳嘴里的气味源自口腔菌群失调引发的炎症，罪魁祸首是厌氧菌。

厌氧菌是什么东西？江宇声不明白，百度上说，那是一种在无氧条件下比有氧环境中生长得更好的细菌。广告设计师江宇声缺乏医学知识储备，但凡听到"菌"，就会想到蘑菇和脚气。他自己患有并不严重的脚气，一般夏季会出现些许症状，诸如瘙痒、水泡、脱皮，等等，为此遭到米晓琳多年来一如既往的嫌弃，她不允许他把袜子放进洗衣机，不允许他光脚在地板上走，不允许错穿她的拖鞋……现在，米晓琳口生厌氧菌，他想，他也有资格嫌弃她了吧？他甚至怀疑她嘴里是不是长出了蘑菇？可他不能把嫌弃付诸行动，他必须吻她，要不没法完成造人运动的主题动作，从谈恋爱第一次犯规开始,他就保持着这样的习惯。

米晓琳不是江宇声第一个接吻的女人,在她之前,他正经谈过两次恋爱。第一次是高中二年级时和高三的一位学姐,摄影社团认识的,一起出去拍照,然后,就被诱惑了。学姐叫什么名字来着?包婷婷,对,太久远了,他几乎忘了她的名字。应该说,他把初吻献给了那位比他大一岁半的叫包婷婷的女生。至于初吻的味道,更多的是胆怯、恐惧,还有冒险之后的刺激与兴奋,除此之外,没有太多情深意切的余味可追忆。包婷婷长得挺漂亮,学习成绩不好,也不可能好,高三了还谈恋爱,结果只考进一所三流高职,毕业后两人就断了来往。现在想起来,那段初恋,只不过是好奇心使然,不像是真爱,要不怎会那么容易忘却?并且,没什么遗憾。

第二次恋爱是在大学时,江宇声苦苦追求的学妹,叫乔路西,也是广告设计专业的。江宇声追逐乔路西，从大二追到大四，毕业了也没舍得离开上海回老家，就在大学附近的一家小广告公司找了份工作，一直守到乔路西学妹毕业出国，才意犹未尽地被动放弃。这一次，算是赤诚的苦恋，因为太投入，结束时人都近乎虚脱了。正是这一次恋爱，奠定了他必须接吻才能办正事儿的风格，犯规，也是从乔路西开始的。说句掏心窝的话，和乔路西接吻，才是江宇声最认真的吻，也是他自认为最性感、最难以自制的吻。很奇怪，只要和她的嘴唇一对接上，就会全身过电，血管里流淌的血液也几乎要沸腾起来，这种时候，真是顾不上场合，也顾不上校纪校规的，好几次，都是在夜晚的公园里，或者是假日的宿舍里，简直肆无忌惮……每每回忆起来，江宇声身上总会一阵阵起鸡皮疙瘩，同时心里牵出隐隐疼痛。

然而，不管是学姐包婷婷，还是学妹乔路西，她们的吻都是年轻的，接吻的味道也是清甜的，湿润而不黏稠，柔软而有弹性，吻完还口留余香。当然，和米晓琳最初的吻也是美妙的，只是，不知道从什么时候开始，那种美妙的感觉渐渐退却，欲望的恶气一点点漫延，直到如今，完全盖过曾经的甜美与清新。也许是上了年纪，多少会生出一些身体上的毛病，大到癌症，小到厌氧菌感染。所幸，和乔路西抑或包婷婷的恋爱时间不够漫长，还没来得及滋生出厌氧菌，美好的吻就这样留在了记忆里，江宇声因此而记得接吻有着怎样不可抵挡的魅力，也知道，接吻对他而言是多么重要。

可是如今，江宇声觉得自己再也不能接吻了，下一次，没有下一次了……这么想的时候，他几乎想立即下床去刷牙，甚至用消毒液清洗自己的口腔，可他没好意思这么做，太伤人了，毕竟感染厌氧菌并不是米晓琳的错，他不愿意因为口臭问题伤害她。

"江小米他爸，我想喝水。"每每身侧有酱缸气悠然飘至,江宇声总能感受那股气味背后浓浓的温柔。江小米——这个米晓琳想象中的孩子,充当着他们房事之后相互告慰的专用药,是的,那只是一剂药,并且使用过多,产生了抗药性。江小米他爸听见了江小米他妈的呼唤,可他常常不动弹,装睡的人是永远唤不醒的。米晓琳只能伸手推推他的胳膊:穿上衣服,给我倒杯水来。适才的温柔语调,如同变冷的面条,坨了。

江宇声终于睁开眼睛,坐起来,面无表情地套上汗衫和裤衩,下床,趿着拖鞋出卧室。米晓琳追一句:要矿泉水,加温到三十度。

这一日,也是这样的时刻,江宇声忽然回过头,郑重地问:你,知道厌氧菌吗?

躺在床上的米晓琳一脸茫然:什么?你说什么?

江宇声没有回答,折身去厨房,倒了一杯矿泉水,在微波炉里加热一分钟,然后端着水杯回到卧室,放在米晓琳那一边的床头柜上。台灯光笼罩下的女人屈腿静躺,正以某种仪式般的身姿护送他适才输出的大批垦荒部队进入她体内那片从未种植成功的土地。

他必须与她合作,他们急需一个孩子,如果不是为了孩子,他怎么还能做到去吻她?

事实就是,如果不要孩子,就不需要房事,对江宇声来说,就不需要接吻。可是不要孩子,不要房事,不要接吻,那还干吗要和这个女人生活在一起?所以,必须要孩子。可是,要孩子,就必须要房事,那就必须要接吻……这成了江宇声的死循环,他尝试过,无论怎么努力,都做不到不接吻就成功。

每每想到此处,江宇声心里便会生出某种生无可恋的忧郁,他真希望自己是一粒厌氧菌,越是缺氧活得越自在。因为,不需要氧气,就不用呼吸,也就闻不到任何气味,那样就可以尽情接吻了,管它什么厌氧菌、嗜氧菌。

二

米晓琳仰躺在床上,两条光腿屈折着,臀部略微高于腹部,膝盖处于最高位,身体呈倒倾角度。医生说,这样益于受孕,医生还说,每次完事后,米晓琳应该愉快地想象一下这样的场景:雍容高贵的卵子正在她的子宫里正襟危坐,一群莽撞的傻小子拥挤着、推搡着,轰地一下撞开她的门,闯入她的领地。她扭捏羞涩、小心翼翼地放他们进来,接下去,她要选择其中相对强壮并且机灵的那一个,唯其如此,她才允许它着床,然后,让它在她并不十分肥沃的土地里扎下根,再然后,当然是发芽、生长,九个月后,她们的孩子江小米,或者米小江,涨红了皱巴巴的小脸哇哇大哭着从她身体里呱呱坠地。江小米是女孩,米小江是男孩。"宇声你喜欢女孩，要是女儿就随你姓。"米晓琳说……

当然，这不是真的，这是米晓琳虚构了无数次的童话故事，故事框架由医生勾画，内容细节她稍加创作。她还和江宇声探讨过孩子的长相问题，她说她一点儿都不奢望这个婴儿有多漂亮、多出众，就好像只有不抱以太过美好的奢望，上天才能眷顾她，给她以保底的拥有。所以，她允许她的婴儿小脸上沾满羊水胎膜血迹之类黏糊糊的东西，允许她眼皮肿胀、头发稀少，并且头皮上长着无数皱纹，像个小老太或者小老头。米晓琳相信，这个婴儿长着长着就会长大，而且终究会长得人模人样，所以，她允许她刚从自己肚子里出来的时候渺小而丑陋……每每说到这里，米晓琳都会忍不住弯起嘴角无声地笑，然后偏过脑袋看向双人床左边的另一个脑袋，用低到竭尽温柔的声音说一句貌似浪漫的话：

江小米他爸，给我倒杯水吧。

米小江他爸,给我剥一个橘子好吗?

接下去的整个晚上,米晓琳就什么都不可以做了,她规定自己只能仰躺,比坐月子的女人更需要伺候,和保胎享受同等待遇。医生早就说过,两人都没什么大问题,也许工作压力大,或者生活不规律,只要稍作调整,很快就会怀孕。米晓琳也是严格按医嘱调养身体,补充蛋白质维生素微量元素各类营养。江宇声洁身自好,不抽烟不喝酒不熬夜。每时每刻,他们都在为未来的孩子做准备,房事不再看情绪,而要在理论上每个月的排卵期进行,上床前米晓琳必定测过体温,江宇声顺从配合,按医嘱使用最佳体位,基本顺利地完成播种程序……然而,无数次被确认为科学正确的播种方式,并没有使他们获得成果。结婚六年,按照平均每周两到三次的频率,他们至少做过五百次造人运动,扣除避孕的前两年,剩下三百多次可能有效的机会,居然一次都没有成功。

米晓琳开始犹豫,要不要做人工授精,还是直接做试管婴儿?江宇声对此不置可否,他有些自责,觉得自己不如米晓琳有耐心,虽然他也喜欢孩子,但并不觉得孩子必不可少,并且,他们已经为此付出了太多耐心,一次次实验,一次次失败,一次次重整旗鼓……是的,那不是一件兴之所至的事,他把那活叫"实验",是重复过太多次,从不例外地让他失望而至于厌烦的"实验"。或者,米晓琳内心也已不胜其烦,只不过他们小心维护着对方心里可能尚存一息的希望,借以还魂自己行将泯灭的希望。

耳畔传来例行公事却又温柔到近乎撒娇的话:江小米他爸,我想喝水。

米晓琳没有得到江小米他爸的呼应,撒娇话说多了就失效。男人闭着眼、张着嘴,呼吸还未完全平稳,赤裸的胸脯一起一伏,胸膛上几缕黑白夹杂的毛发弱弱地颤抖,仓促而又略带挣扎地表示着它们曾经的性感。

很少有东方男人长这么一胸膛茂密的毛发，江宇声总是怀疑自己是一只未完全进化的猴子，要不就是家族中有西方血统，总之，青春少年时代，江宇声从不敢去公共浴室洗澡，更不敢光膀子出现在女生面前。与大多数男生长得不一样，这让他感到羞愧，他把自己的身体严严实实地捂到二十七岁，连乔路西都没见识过他的这番雄壮体貌，那时候哪有这条件？公园里，自然是不能脱衣的，他们就像两只偷情的夜猫，提防着夜游者的打扰抑或巡逻队的袭击，随时准备拔腿逃跑。宿舍里，亦是黑灯瞎火，摸索来摸索去，就怕宿管阿姨尖锐的喊叫声从一楼飞升而上：三〇三江宇声，还有半小时要关大门了，请来访客人及时离开……乔路西从没有直视过他赤裸的身躯，一次都没有，可他们有过无数次忘我的亲吻，长久胶着在一起，别的什么都不用做，就这么吻着，几乎可以一辈子不离不弃。当然，倘若他们真的要赤裸相见，也不是没机会，就是需要克服一些困难。归根结底，那时候的江宇声，并不觉得世上还有比接吻更令他迷醉的事情，并且，他也不太确信，乔路西是否喜欢他那丛林般的胸膛。

直到和米晓琳谈恋爱，他才知道，长久以来令他自卑的体貌特征，竟是女人的最爱。米晓琳迷恋他的胸膛，她会撒娇说：给我玩一会儿吧，让我玩玩你吧。

她可以玩出各种花样，用手指一根一根撩拨，下巴抵在他胸膛上摩挲，感受男人毛发擦过皮肤的脉络，或者撅起嘴唇吹，近乎兴奋地看那些毛发在气流中东倒西歪，兴致高了，还用一把不知道哪里买来的宠物专用梳轻轻梳理……最近几年，米晓琳已经不似过去那般热衷于趴在他赤裸的胸膛上抚摸摆弄了。什么时候开始，她不再"玩他"了？一年多，还是两年前？他还记得那次完事后，米晓琳一如既往地趴在他胸口玩。他正昏昏欲睡，忽然听见胸膛处一声尖叫，随即一记刺痛，米晓琳的兰花指伸到他鼻尖：你看，你看啊，拔掉一根白毛，你都长白毛了。

他眯着眼睛看她跷跷的兰花指，台灯光照射下，那一丝极细的毛发几近透明，倘若没有根部稍粗的白色毛囊，根本看不出她手指间捏着一根发丝。

大惊小怪，我早就发现了，隔一两个月就会长出一两根，正常。江宇声说完，朝她捏着空气一般的兰花指吹了一口气，想象中把白毛吹掉，准备继续睡，却惊异地发现，米晓琳眼圈已是通红，如同汛期的两口水井，即刻就要满溢出洪水来。他伸出手臂搂了搂她：担心什么呀，我没那么容易老的，傻瓜。她挣扎了一下，叹了一口气，从他胸膛上直起了身。

那以后，她不再"玩他"，江宇声也一直不明白,为什么米晓琳会为他长出一根白色胸毛而哭泣?是她心疼他老、担心他老,还是她焦虑,都长白毛了,还没要上孩子?

他曾经试探着提过一次:其实,我们不一定要孩子的,很多夫妻都不要孩子。

米晓琳嬉笑道:生个孩子来玩玩嘛,也没什么好玩的。

江宇声忽然意识到,米晓琳的这句玩笑话,不经意间道出了某种真相。是啊!倘若没有孩子,他们还有什么好玩的?

三

江宇声又加班了,有几个难度大、挣钱少的广告案子,别人不愿意啃,他主动接下。倒不是非加班不可,也不是为了报酬,而是他真心喜欢加班。倘若不加班,就要早早回家,与米晓琳度过漫长而又寂寥的整段夜生活，对此他怀有一丝恐惧。

加完班已是八点，坐地铁回家，经过上海火车站，三五个扛着行李包的农民工推推搡搡着挤进车厢，一群人堵在门口，用不知哪里的方言大声讨论着要在哪一站下。与周围所有闭嘴沉默的乘客相比，他们显得激情高涨而又张皇失措。

"这就是农民进城。"江宇声不由自主地想，忽又想到另一个问题：倘若一个农民，每天都在田地里劳作，却从没有得到过秋后的收成，那他还会一如既往地热爱劳作吗？除非他对劳作本身充满兴趣，他的身体在劳动中得到舒筋动骨的快感，即便没有收成，他的人生也会因为劳作而变得充实而有意义。问题是，大多数农民劳作的目的不是为了锻炼身体，而是为了获得赖以生存的粮食。把有限的体力投入到没有收成的劳作中，若非有极高的境界，就是傻瓜。所以，这些农民抛家离舍进城打工，大概就是因为付出的体力没有得到应有的收成吧……

有些问题是不能细想的,江宇声在地铁上胡思乱想,算是庸人自扰。有人下车,空出座位,就在江宇声跟前,他想坐下,可空出来的座位是红色老弱病残专座,扭头看四周,发现身旁一米外站着一个花白发半老头,便招呼了一声:您坐吧!

花白发半老头白了他一眼,目光收回,神情近乎凛然地端立着。江宇声明白过来,给一个不服老的人让座,提醒一个厌氧菌感染者去治疗口臭,抑或劝一个不认命的人接受现实,都是没有必要的善意,便在心里默默笑了笑,准备自己坐下。正挪动双腿,想把屁股放上红色座位,忽然,一只小兽般的毛茸茸的东西"嗖"一下从他抓着吊环的臂下窜过去,"扑通"一声,小兽把自己丢在了红色座位上,嘴里还娇喘着:哎呀,总算有座了,脚都疼死了……那小兽缩在人造貂皮大衣里,棕黄色的裘皮领口露出一截细脖子,脖子上顶着一张尖下巴小脸，狐狸似的。江宇声看了她一眼，她也看了他一眼，两人同时怔了怔。她冲他笑笑，说了声"谢谢啊"，细眉细眼的小白脸，更似狐狸了。江宇声挂满尴尬神色的脸"腾"一下就热了，好像抢座位的人是自己。他迅速避开她的目光，抬起脑袋看向车厢里的地铁电视，同时，一阵钝钝的疼痛从心上滚滚碾过，仿佛胸腔里装着一盘石磨，不知被什么拉动，忽然开了工。

江宇声回到家已是九点，跨进家门，就听见米晓琳的声音和着"欧巴"、"阿嬷尼"、"鸭脖塞药"、"米亚耐"之类的朝鲜语从卧室传来：宇声你回来了？告诉你，我要改变计划，不能坐以待毙……

米晓琳半躺在床上看网络电视，他知道她又在看韩剧，满屏的婆婆妈妈、男男女女。江宇声用鼻子哼出一个"嗯"，米晓琳大概听不见，却也并不影响她继续说话：我想过了，我们可能要做的有三步。第一步，人工授精，据说一个周期要十二个月，如果不成功，那就走第二步，试管婴儿，如果顺利，前后加起来可能需要十个月。也可以省掉第一步，直接做试管婴儿。要是试管婴儿也不成功，那我们只能走第三步了，代孕。代孕么，在中国还不合法，所以要看缘分了，我知道一家代孕公司，五十万保证成功，如果真的做，就要选一个长得好看一点的代孕者，文化素养要高一些，颜值和智商都要保证……

米晓琳的声音飘向江宇声置身的每一处地方，他在门廊里换拖鞋能听到，他打开冰箱倒果汁也能听到，他进洗手间小解，水注冲进马桶的声音居然不能掩盖住卧室飘来的话音。当他听见她说"颜值和智商都要保证"的时候，几乎笑出来。别的女人的颜值和智商和他们的孩子有什么关系？难不成，狗尾巴草种在高级漂亮的花盆里，就会开出玫瑰花来？这么想着，却也并没有情绪去反驳，耳朵里持续飘进米晓琳不折不挠、无处不在的声音。她详尽地播报着他们未来一到三年的生活规划，没有旅游休假，没有出国观光，甚至没有回老家过年，只有生育、生育，还是生育。

江宇声不想在这种时候进卧室充当听众，直接去卫生间洗澡。站在镜子前脱衣时，发现洗面台上有一瓶甲硝唑漱口水，以前没见过，商标下面写着用途说明：抑制厌氧菌感染，清洁口腔、止痛除臭。拧开盖子凑近看，一泓深渊般的靛蓝色液体，深不见底。江宇声吓了一跳，这是漱口水吗？怎么长得像洁厕灵？转念细想，又觉得漱口水与洁厕灵的用途倒是异曲同工。人的口腔与马桶又有什么差别呢？除了塑料和钢铁，什么都往里倒、往里塞，只不过人们往马桶里倒的是排泄物，往口腔里倒的是食物，可不管是食物还是排泄物，都是有机物。是有机物，就会发酵，就会滋生细菌，同时产生污垢，马桶需要洁厕灵洗刷，口腔何尝不是？

看来米晓琳已经知道自己嘴里感染了厌氧菌，江宇声一直没好意思告诉她，总觉得"你有口臭，去医院治一下吧"这样的话天然带有恶意，即便对老婆说，也说不定会伤到她自尊。

人真是奇怪的动物，倘若患的是感冒、鼻炎、颈椎病抑或肠胃炎，就不会惧怕把自己的病情告诉别人，也不怕别人提及自己的病情。人们还会自我宣布：别靠近我，我这几天感冒了，小心传染给你……可是没有人会理直气壮地宣布自己感染了厌氧菌：别靠近我，我嘴很臭，厌氧菌感染……更没有人会当面宣布对方的病情：你有口臭，是不是感染了厌氧菌？去医院配一瓶甲硝唑漱口水吧，片剂也行，一日两次，每次一片。甚至，没有人敢在患有口臭的人凑近说话时态度鲜明地掩鼻躲避……

没有人愿意这样做，因为没有人愿意伤害别人，或者说，没有人愿意付出伤害别人的代价来承担某种责任，即便是夫妻之间。所以，厌氧菌感染这种病，只有靠患者自觉了。大多数口臭患者是缺乏自觉的，可米晓琳意识到了，江宇声对此略觉欣慰。可是，这种欣慰又令他感到莫名虚无，当她使用了甲硝唑漱口水，成功杀死了厌氧菌，嘴里不再弥漫着臭鸡蛋味或者酱缸气的时候，他应该为她做些什么。江宇声忽然发现，对自己来说，口腔除菌除臭意义已经不大，米晓琳不是准备人工授精吗？也许还要做试管婴儿，甚而最后代孕，接下去的每一步，都不需要两人身体直接接触，那就意味着，他不再需要接吻。

江宇声咧了一下嘴角以示自嘲，同时心生如释重负的轻松感。打开淋浴龙头，热水刷一下浇到身上，浑身一激灵，毛孔紧缩，一股莫名的快感滚过全身，低头看，下体却依然是委顿的。当然，这不算异常，内心的悸动要变成付诸行动的激情，那还必须接吻，乃至激吻。多年来，江宇声与米晓琳的夫妻生活，就是这样的节奏。只不过早些年接吻是纯粹的接吻,不是为了某种目的。自从有了孕育孩子的目标后,接吻就成了一件功利的事,久之,就有些应付的意思了。现在,米晓琳决定借助医疗手段怀孕,接吻这件事就失去了最后的利用价值。

不用接吻,就没必要去管什么厌氧菌了,江宇声搓洗着并无多少污垢的身体,觉得心情很不错。不过,心头总还有疑虑,是不是这样的结局,他本该感到悲哀的?可他偏偏觉得挺高兴,当然,高兴的同时,也为自己不合时宜的好情绪感到些微的愧疚。

四

洗完澡,江宇声感觉到了饿,还没吃晚饭呢,便习惯性地去找老婆。进卧室,见米晓琳半躺在床上,目不转睛地盯着电视机,涌到舌尖上的话吞了回去。他决定去煮一包方便面，打两个鸡蛋，解决晚餐。转身出卧室，米晓琳却追着他的背影说：你回来，我有事和你商量，后天能请一天假吗？我们一起去医院……女人嘴里说着话，眼睛始终盯着电视屏幕上的韩剧。剧情正在发展中，男女主角似乎生出了误会，明明长着嘴却不肯替自己辩解，明明有手机却不愿意主动拨打对方，两人若即若离，眼看着要错失和好的机会。米晓琳看得不耐烦，不断按着快进，网络电视的好处就是随时可以选择你喜欢的节目或桥段观看。

江宇声折回，坐在床边查看手机里的工作日程安排：最近案子比较多，不知道后天是不是请得出假。

米晓琳捏着遥控器指挥电视机，一边毫不气馁地继续宣传她的生育规划：必须立即行动起来，我们已经荒废了好几年，我都三十四岁了，再下去就是高龄，怀孕更难，也更危险，你得向老板说明情况……

这怎么说明？告诉老板，要去医院做人工授精，特请假一天？江宇声不觉得自己有勇气这么说。米晓琳还是坚持：怎么就不能说明了？生孩子是我们的权利，我们要把这事摆到议事日程上，做试管可不是一天两天的事，以后请假的日子多着呢……米晓琳忽然停住，指着电视机说：快看，他们要接吻了，激情戏来了。

米晓琳对韩剧的套路太了解，剧情果然进入小高潮。江宇声抬眼看屏幕，一对鲜嫩无比的男女正在夜色中渐渐靠近，起先还小心翼翼，突然，男主角一把拉过女主角，女主角瞬间倒在了男主角怀里，霎时间，嘴巴与嘴巴堵在了一起，两人就这么吻住了。音乐声随之而起，镜头天旋地转，两人闭着眼睛，忘我地胶着、纠缠。女主角的下巴尖尖的，似曾相识的样子，只是上唇不一样，微微的翘，俏皮可爱，甚至带点憨厚，不似他记忆中薄薄的嘴唇一副伶牙俐齿的模样。男主角呢，鼻子高挺，面部线条冷峻，下巴和上唇没有胡子，干净的男人，热吻时显得性感之极。男人和女人的表情都陶醉，脸和脸的角度，嘴唇与嘴唇的契合，使江宇声不得不想到镜头背后的某种情绪，抑或情感。他不动声色地看着屏幕，感觉到胸腔里的鼓点有些加快，那种激情燃烧的感觉，他也曾体味过，只不过久违了。

江宇声轻轻甩了甩脑袋，试图甩掉脑中浮现的那张尖下巴狐狸脸，乔路西是十年前的往事，地铁里的那只小兽，看着差不多二十岁，当然不可能是她，只不过，小兽的尖下巴狐狸脸提醒了他，搁置脑后多年的人，忽然就被推到了当下。江宇声胸口闷闷的，好像胸腔里的那架石磨又要酝酿开工，他扭头看米晓琳，女人披散着头发坐在床头，眼睛亦是盯着电视屏幕，男女主角的热吻让她暂时中断正在讲述的生育计划，直到广告插入，才重重地吁了一口气,仿佛吻到气绝窒息的人是她自己,一则广告把她救了回来:长得好看的人,接吻都那么好看,你说是不是?

江宇声无声地点头,他没告诉她加班的人还没来得及吃晚饭,当然,他更没有与她探讨,嘴里长了厌氧菌的人是不是适合接吻。

六年前,米晓琳就是在江宇声的激吻下缴械投降的,此后,她再也不能抵御他堵住她嘴巴之后的全面侵略,她总是会在手脚瘫软无力招架的时候还要喃喃而语:吻我、吻我……她迷恋他的胸膛,更迷恋他令人忘乎所以的吻。

接吻高手啊!你谈过几个女朋友?是不是久经沙场练出来的技术?米晓琳心满意足地逼问他,这种时候,多半是激情过后,她在"玩他"的后戏阶段。雄性荷尔蒙在他胸口茂密甚而野蛮地呈现,她抚弄着他胸口的毛发,嘴里问着专属小女人的世俗问题。他总是嗤之以鼻:还用操练?手却充满柔情地抚摸她抵在胸口的脸蛋。他把内心的得意流露得影影绰绰，征服她，柔软的征服，才是可以玩味的、有意思的关系。当然，他并非情场老手，他只是钟情于两个人的玩味关系。这关系因为干净，所以忘我。

现在，他已经做不到忘我，也不认为还有什么值得玩味。他发现，看韩剧里的男女接吻，比亲自和老婆接吻更让他心旌荡漾并且心安理得。他们吻得多好啊！好就好在他们止于接吻。韩剧其实很保守的，他们从不把剧情延续到上床，所以，他们的接吻是完美的，简直没有瑕疵。

没有生育动机的接吻，才是真正的接吻。这么想的时候，江宇声总是怀疑自己是不是患了某种叫做"接吻洁癖"之类的病，虽然他知道，世上并没有这种病。

五

江宇声硬着头皮请了假，理由是陪老婆去医院做体检，他没有告诉老板是去做夫妻生育检查。那一整日，两人耗在医院里，做了男方五项、女方九项的必查项目。江宇声要做的，除了尿样和血液检查以外，还有精子常规检查和染色体检查。也就是说，除了抽血、接尿，还要采精。

采精室是一间六七平方米的小房间，正面墙上挂着一台电视机，下面的桌上摆一台影碟机，旁边横七竖八躺着几盒碟片。电视机正对着一张医院专用高脚小床，床单雪白无瑕，江宇声伸手在床单上用力拍了又拍，仿佛这样就可以让隐匿在白色下面的斑斑污迹循迹而出。墙角立着一个简陋的白瓷洗手盆，上方挂着大盘卷筒纸，侧面墙上贴着两张宣传公告，一张是《关爱生命、正确洗手》的方法与图示，另一张是《取精注意事项》，共有六条。江宇声仔细读了一遍，然后按顺序，打开电视机，在几盒碟片中稍一犹豫，选了一盘欧美Ａ片，放进影碟机，按下播放。然后，他抬起胳膊，张开手掌，仔细看了看自己的手，好像那只刚才抚摸过床单的手已被来自他人身上的众多细菌污染，于是，照着图示的方法，江宇声开始洗手。电视机里已经传出女人夸张的浪声，江宇声很有定力地把两只手仔仔细细地洗过，几乎洗得脱一层皮，想象中没有一丁点儿细菌了，才站到电视机前。他不想坐在那张貌似洁白无瑕的床上，他就站在电视机前，抱着某个明确的目的观看一部没有剧情的Ａ片。从打开屏幕起，女主角就直接暴露了，金发黑眼圈的女人有着巨大的胸，怎么看都像是硅胶的。男演员从头至尾没有露面，只在镜头里出现局部。两个外国人闹得动静挺大，发出的声音却很假。江宇声不相信，哪有在床上像杀猪似的大喊大叫的？欧美人的风格令东方男人很是不适，耐心看了二十分钟，站得脚都酸麻了，却始终绵软无力。没办法，他只能摸出手机，找出一部有故事情节的日本动画片，单手操作，总算勉为其难地解决了问题。

推开采精室的门，江宇声探出脑袋四顾，走廊里人来人往，没人注意到他。他端起未铺满底部的塑料取精杯，贼一样一溜烟跑到精液标本接收处窗口，放下杯子转身想走，却被站在工作台后面的护士叫住：登记，签字！

护士戴着口罩，露出的两只眼睛里读不出任何表情，她推过一本《精液接收登记本》，闷声闷气地说：个人信息和电话号码，每个空格都要填。

江宇声低下头，趴在工作台上快速填写，只觉头顶上射下两道直视的目光，烫得他头皮发麻。那两道目光一定饱览了他笔下流出的所有信息：姓名、年龄、籍贯、家庭住址、电话号码……是的，他在一个戴着口罩、也许是美女的护士面前暴露着自己的隐私，作为一个不孕不育男，他觉得自己已然被扒光衣服，变得一览无余。虽然他不断地告诫自己，这个也许是美女的护士每天目睹的隐私比他吃的盐还要多，他不是黄晓明、胡歌之类的影视明星，也不是王思聪、王石之类的商界风云人物，他身上没有任何特别之处可以让人家对他格外关注。可是，理性的思索并不能减少他无地自容的羞愧感，在这之前，他从不认为患有不育症的男人需要自惭，现在轮到自己，即便只是疑似患病，他也感受到了羞惭和自卑。不得同样的病，就不会真正被体谅。江宇声终于明白，他人赋予的关爱，只是同情，而同情的另一种表述，也许叫做蔑视。内心里，他一直是这么定义"同情"这两个字的。

江宇声的检查终于完成，米晓琳还没结束。他去走廊另一头等她，迈步时两条腿有些撇，也许是刚才在采精室里久久不成，一着急，用力过猛了。不过相比女人，男人要简单多了，江宇声暗自庆幸，这么艰难的检查，米晓琳要做九项，比自己足足多四项，更不要说后面的任务大多是落在女人身上的。想做母亲，米晓琳不容易，江宇声这么想的时候，不再是"同情"，而是设身处地地体谅。

再次经过采精室，正好门被推开，一个半秃男人大大方方地端着塑料杯走出来，杯子里有小小一层半凝状物，色泽犹如下等饭店里的早餐奶，过度稀释后呈现出几乎透明的乳白色。江宇声看了一眼半秃男人，不禁想，他比我多。

半秃男人也看了一眼江宇声，目光坦然，甚至还带了一丝隐约的笑意，仿佛是对一个同病相怜的人惺惺相惜、心照不宣的致意。江宇声咧了咧嘴角，以示回礼，却也不敢再直视他，埋头继续走，边走边想，采精室的使用频率还挺高，交标本、填写登记表的这么一会儿，又一个男同胞完成了取精，看来还比较顺利，从他那坦然的神态和自然的走姿就可以看出，他并不以此为耻。江宇声几乎敬佩起半秃男人来，忍不住又回头看了一眼。那半秃男人正向走廊尽头的精液标本接收处走去，头顶无发的地方格外白亮，仿佛趴着一个圆形鸡蛋饼，与他自信的面容和目光不同的是，他的后背微驼，脚步细碎甚而踉跄，完全不似刚才迎面看到的样子。江宇声心里一阵酸楚，仿佛看见了自己。来这里的男人大概都是一样的吧，他们总是试图以一脸无所谓面对别人，事实上，他们无法掩饰背影里的颓唐。

又等了一个小时，米晓琳终于结束检查，这一日的工作就算完成，半个月后来拿检查结果。出医院大门时，米晓琳悄声问江宇声：医院给你看的是A片，还是《花花公子》杂志？

江宇声面无表情地回答：A片。

米晓琳"噗嗤"笑出来：好看吗？

江宇声嗤之以鼻：要多烂有多烂，不知道哪里淘来的。

米晓琳调侃道：只要有用就行，不就是图个刺激？

江宇声想反驳：Ａ片也不能拍得这么不走心，又不是约炮、召妓，做的是一样的事，性质完全不同好不好。

江宇声没把话说出口，他没有底气，这样的话题，经不起一对结婚六年多的夫妻去细细推敲，这对夫妻还正在努力推进试管婴儿计划，一切专属夫妻间的活动，于他们而言，都有着明确的目标。他不知道该怎么总结他们所做的事情的性质，莫名想起那句前些年人们说得很多、被他视为矫情的话——婚姻是爱情的坟墓。家庭不幸的人喜欢把这句话挂在嘴上，自以为看透世界，其实就是替自己不会经营生活找借口。江宇声本就相信，婚姻也许起始于爱情，但没有几对男女是抱着让爱情更长久的目的去结婚的，或许婚姻是为了把日子过得不孤单，为了有人陪伴到终老。现在，他有些明白，婚姻的根本目的只是为了繁衍。

这么想的时候，江宇声脑中悠地闪过一张狐狸脸，尖小的下巴陷在毛茸茸的裘皮领口里，细眉细目的小白脸，近乎透明的皮肤下面隐隐显现深蓝色毛细血管，曾经那是一张最能诱惑他的脸，诱惑他去亲吻她，现在，他想到的却是，倘若他和那张狐狸脸结婚成家，会不会也在几年后为了繁衍的目的而丧失了亲吻的欲望？或者，在医院里不知羞耻地袒露身躯，接受一次又一次陌生的眼光和冰冷的器械的刺探与侵略？

六

江宇声第二次请假，依然以老婆为借口。老板很爽快地准假，没有异议。去医院拿到检查结果，江宇声基本正常，米晓琳有输卵管阻塞症状，保险起见，直接做试管婴儿。接下去的任务，就是把身体调养到最佳状态，然后服用排卵药，等候取卵。这是一个漫长而又充满不确定因素的过程，医生说，女方最好长期休假。米晓琳不假思索地回答：我已经写好辞职报告，明天就交给公司。

江宇声看了一眼米晓琳，尽管她那份公司文员的职位并没有给他们的家庭收入带来多大的改观，他一个人的薪水应该也够开销，但她辞职竟不和他商量，这让他有些不快。但毕竟检查结果于他而言是利好消息，他没问题，他并没有患不育症，虽然他不能把这条消息昭告世界，也不能找到上次在采精室门口遇到的那个半秃男人，告诉他"我是好的，我没问题"，以此来重树他已然失却的自信。好消息不能分享，但心情已是明朗了几许，米晓琳辞职的事，便也不觉得需要计较了。

米晓琳去中药部领药，江宇声坐在大厅候诊区等她，手里捏着医生发给他们的一份《试管婴儿流程说明》，足足三页，共三个部分，第一部分是分成十四个步骤的准备阶段，第二部分是分成六个步骤的促排卵阶段，第三部分是由五个步骤及八条注意事项组成的取卵及移植阶段。江宇声逐条阅读，读到第二部分第六个步骤，"丈夫遵医嘱在预计取卵前二至七天适时手淫排精一次"时，小腹忽然一阵抽搐，轻微的腹痛传来。他知道，这是便意来袭的预告。继续读下去，读到第三部分第二条，"取卵当日丈夫取精液，请带好双方身份证、结婚证、有效生育证明，以便于医生核对，丈夫请事先清洗生殖器"时，江宇声再也忍不住，直奔走廊尽头的厕所而去。

江宇声甩着两只洗过的手从厕所出来，米晓琳正好领完中药来找他，看他空着手，问：《试管婴儿流程说明》呢？江宇声接过米晓琳手里的一大兜中药，随口应道：在呢。他没有告诉米晓琳，刚才忽然腹痛急着上厕所，不想厕所里的手纸盒是空的，很不巧，他随身带的一包餐巾纸用完了，没来得及补上。三页《试管婴儿流程说明》,他用掉了两页,剩下一页留着也没用,被他丢进了便槽。

从妇产科医院出来,江宇声让米晓琳打车回家,他还要回一趟公司,刚才老板来电话,广告案子有一些修改意见。米晓琳说:不是请过假了吗?明天上班再说吧。江宇声有些气恼,但还是和言细语地劝她:以后就我一个人赚钱养家了,不能得罪老板,我得保住这份工。

米晓琳大约觉得在理,便说:那我坐地铁回家吧,还没到叫出租车的时候,以后等取卵时打再车,听说很痛的。

江宇声有口无心地问:是吗?很痛?怎么会呢?

米晓琳白了他一眼:你是真不知道,还是装傻?取卵是要把器械伸进体内去取的,等于动小手术,还不是一次就能成功的。

江宇声又闻到了酱缸气,他皱了皱眉头:我真不知道，好吧，那你自己看着办，身体吃不消就打车。

这么说着，就觉裤袋里的手机在颤抖，赶紧说：老板又来电话催了，你自己回家吧。说着摸出手机接听，一边转身顾自走了。

江宇声听到话机里传来那一声短促的"喂"，心脏就急跳起来。并不是老板打来的电话，是那个熟悉而又久违的女声，曾经萦绕耳畔的声音，很近很近的声音，也许是在公园夜色里的呢喃，或者宿舍里，腾空的上铺，蒙在被窝里的两个人，彼此的呻吟。她的发音很独特，短促，尾音带气声，就像一边跑步一边说话，跑着，喘着，尽是断句和破句：

喂！江宇声！

回来了，是我！

见一面吧。

我找你，要去。

原来的公司吗？还是……

吃晚饭，一起……

江宇声可算是一个从一而终的好男人，大学毕业时，为了和乔路西在一起，他没有回老家。父亲托关系在他们那个地级市找了一份宣传部公务员的职位，只要通过国考，接下去的面试，全都搞定。可他放弃了做一名安稳的公务员，在上海找了一家小公司。感谢老板，这些年，小公司发展成了中型公司，正往大公司奔。当然，老板也应该感谢江宇声，因为有他这样忠诚不贰、不离不弃的职员，公司才会有今天，难道不是吗？

事实上，老板从没有对江宇声这样的公司"元老"表示过任何感谢，只是江宇声需要鼓励自己。当然，他从不认为自己是为那段逝去的爱情而不舍得离开公司，也并不认为十年来自己没换手机号码是为了某种等待。虽然，大学毕业后整整一年半，每天下班后的唯一活动就是出公司大楼，穿过中山公园，走到大学门口，去等乔路西。那条走了将近五百天的路，几乎被他踩烂，沿途的草坪、花圃、假山，还有卖奶茶的铺子，以及他们在每一个角落里留下的亲吻，他从未忘记。只是后来，乔路西一走了之，把他丢在上海，独自消受他们遗留下来的所有痕迹。

刚分手那会儿，江宇声每天想的都是同样的问题，她怎么就走得那么斩钉截铁毫无留恋？虽然他早就想到过，大概她并没把自己当成未来归宿去交往。可即便如此，他也还是想知道，谈了三年恋爱，她有没有真正爱过他？这么庸俗的求知欲，他阻止不了自己，她去美国的第一年，带着这个问题，他过得如同行尸走肉。可是时过境迁，伤痛总会淡下去，爱不爱的问题，也就渐渐失去了意义，虽然记忆依然深刻。

谈恋爱失败是再正常不过的事了，后来，江宇声就一直这么告诉自己。现在，那个一走了之的人忽然回来了，要见一见旧情人，这应该也不是不可以吧？他不愿意为自己找某种借口，什么"见面了断"、"告诉我，你究竟为什么丢下我独自离开"，抑或"我倒要看看你离开我过得有多好"，诸如此类的理由，都是自欺欺人。

江宇声找不到任何理由拒绝旧情人的邀约，他宁愿相信，这样的见面，不会有任何风险，不会伤及彼此的自尊，也不可能旧情复燃，也许会有那么一丝意犹未尽，抑或不甘心，但他已经结婚六年多，他的老婆对他很好，尽管她嘴里生了厌氧菌，但她不是已经开始用甲硝唑漱口水了吗？他们正在为拥有自己的后代而反复跑妇产科医院，作为一个丈夫以及梦想做父亲的男人，他看A片撸管取精正准备做试管婴儿，还有什么可以让他动情的？只是，每个人的心里，总会有那么一份留恋，无伤大雅，也不会酿成恶果，见见而已……江宇声脑中马不停蹄地闪过各种各样乱七八糟的想法，脚下的步子亦是越走越快，心脏跳动的节奏，从起初的中板、小快板，一步步升至快板、急板。

七

晚上睡前洗漱，江宇声拿起洗面台上的甲硝唑漱口水，拧开盖子看了一眼，依然是深不见底的一泓靛蓝色深渊，水位并没有下降。米晓琳没用漱口水？

近段日子遵医嘱不行房事，江宇声已经一个多月没吻过米晓琳，虽然还是会闻到几许臭鸡蛋味儿抑或酱缸气，但他认为，药物产生效果是需要时间的，并且，不接吻，就不会每次都吃一嘴厌氧菌，对口臭问题，也就不那么敏感了。偶尔闻到隐隐约约的发酵气味，那也完全可以接受，就好比家住公厕附近的人，尽管常常会闻到阿摩尼亚的气味，但也未尝不可以把这种气味想象成臭豆腐，或者皮蛋，那不都是蛋白质发酵后的氨的气味吗？

江宇声就是这么安慰自己的,这样想可以让自己心平气和,即便老婆嘴里长出蘑菇,或者生出脚气,他也能把她当成一个家人去相处、去善待,只要不接吻,有什么过不去的呢?可是,既然买回杀厌氧菌的漱口水,又为什么不用呢?女人做事总是情绪化,米晓琳是典型的小女人,除了想要孩子这件事表现出一如既往的执著,别的大多心血来潮,缺乏耐力。

江宇声洗漱完进卧室,米晓琳还在追她的韩剧,现在,她躺在床上的唯一任务就是休身养息,为成功取卵、移植以及培育试管婴儿做准备。这样的夜晚,可以消遣的,唯有糖水般人畜无害的韩剧了。江宇声躺到床上,说了句:累死我,先睡了哦。然后,侧过身,背对米晓琳,把自己埋进了被窝。他背对着她睡觉已将近一年,自从她感染了厌氧菌,他就尽量避免与她近距离面对面,方式自然要委婉,不能让她感觉到他的厌恶情绪,虽然他并不认为自己果真厌恶她,但即便是下意识,他也不希望流露。

米晓琳很体贴地调低了韩剧的音量,却并未停止播放。江宇声耳中听着拿腔拿调的韩语,试图让自己睡着。不看字幕他是听不懂剧情发展的,倒是可以做催眠曲,这么想着,渐渐进了迷迷糊糊、半梦半醒的状态,脑中又总播放着一个男人和一个女人接吻的场面,持续了许久。男的个子比女的高出许多,他深深地低着头,才能叼住她的嘴唇。而她仰着头,努力踮起脚尖,甚至把两只小脚踩在他的脚背上,才够得上他的嘴。背景当然是夜色,微弱星光只照亮了他们的面部。他们相互搂抱着,闭着眼睛,她几乎透明的眼皮微微颤抖、翕动。他用两片嘴唇轻轻吸吮她的嘴唇,心跳加速了,热血涌动起来。他紧了紧搂住她的双臂,她的身躯便更深更深地陷入他的怀抱。她撅了一下嘴,他的嘴唇趁机更深地把她含住。他几乎像是在欺负娇小的她,可她仰着脖子,被欺负得一脸陶醉。这两人的彼此索求,就变得更加迫切、激烈起来。好了,世界旋转起来了,星光幽暗而瑰丽,最好的时刻到了。他们的嘴唇以及身躯,几乎重叠在了一起,他的血液流入她的血管,她的呼吸通过他的身体才能完成循环。两个人完全相融,是你中有我,我中有你的境界了……这世上,还有比这样的相爱更令人不舍醒来的梦吗?

江宇声睁开眼睛时,感觉到了下体的坚硬壮硕。挂在床头墙上的电视已经关闭,米晓琳在一旁无声地熟睡,没有任何线索提示他,适才的接吻究竟是韩剧里的桥段,还是自己做了一个春梦。倘若是梦,那问题来了,他不能肯定,梦里的男人和女人,究竟是谁?是他自己吗?那么女主人公又是谁?如果是睡梦中听到的韩剧情节,他又是怎么听出来人家是在接吻?神了!他居然能听出接吻的声音?

江宇声睡不着了,他坐起身,摸过遥控器,开了电视,调到静音,然后,进入网络,在观看历史中找到米晓琳最新看过的剧集,按下播放键。等了四十分钟,这一集没有接吻桥段,他不死心,继续播放前一集,不断按快进,依然没有看到那段如梦的情节。已是午夜一点半,江宇声拿过床头柜上的手机,在荧光烁烁的电视屏幕下重新浏览白天那几条来来回回的信息:

约谈的项目对方改时间,马上要赶北京,后天直接回美国,无法见你了,抱歉!

没事!你一路平安。

三个月后回上海,到时再见吧。

哦,还以为你不回来了。

工作需要,以后常回来。想念老地方,下次一起去吃饭吧?

……

没见到乔路西，江宇声颇觉失望，但也有些庆幸，毫无预计的见面总是令人兴奋，但也让他有失控感。他不喜欢失控，与乔路西的分手，就是一种失控。三个月后再回上海，的确有些漫长，但可以让他有所准备，也有期待和想象。去老地方吃饭，真是个好提议。江宇声想了一下午，乔路西所指的老地方，应该就是大学校门左侧的第三家食店阿香米线，以及他公司对面的湘鄂情。她是昆明人，阿香米线是他为她找到的上海地面上最合她胃口的米线。他是湖南人，湘鄂情并不是正宗的湖南菜，可她认为他会喜欢，他也完全领她的情，始终表达着喜欢的意思。更重要的原因，是这两家店，要不离大学近，要不离公司近，还都不贵，以他当年刚工作时的收入，两星期一次，消费得起。当然，十年后的今天，江宇声已属白领阶层，乔路西也早已不是一个大学在校生。她短信里说约谈项目，那肯定是在干一份与国内有沟通的工作。她嫁人了吗？应该是，说不定已经拥有一到两个孩子。她的丈夫是老外，还是旅美同胞？她约他去老地方吃饭，他相信，那不是她心血来潮，更不是经济窘迫，而是她向他发送的某种信号……

江宇声手里按着遥控器快进键，眼睛看着电视屏幕，各种各样的猜测在脑中忽闪而过。然后，眼前出现了星空、夜色、高个子男人和娇小的女人，他迅速按暂停，画面定格，男人和女人瞬间已经接上了吻，时间停止了，世界亦是静止，两个陌生人，就这么在江宇声眼前吻着，无休无止，而又停滞不前。

不是他做梦，只是韩剧中的一个桥段，一定是刚才米晓琳看电视时他跟着一起看了，只是迷迷糊糊的，以为做梦。江宇声有些失望，或者，为自己在分手十年后可以再次见到乔路西而能如此波澜不惊而颇觉无趣。哪怕因思春而做梦，也表示他内心还有一线渴望的生机。很遗憾,并不是,江宇声沮丧地想,却总觉得自己太过平静的心境,是否正酝酿着一场惊涛骇浪?或者,他内心其实是希望来一场惊涛骇浪的,即便只是短暂地冲击一下他那乏味的生活抑或死水般的心灵?很难说,地震抑或海啸是完全意义上的灾难,从整个地球生态来考量,也许有地震有海啸,才是万物衍生、自然不灭所必须的经历。

江宇声又回放了一遍那个接吻场面,看完,意犹未尽地轻叹了一声,然后在手机上打了几个字:

老地方,我没忘,等你回来。

犹豫了那么一小下,发出。随即,他又为自己从不设防的手机设置了一个锁屏密码,这才闭了电视,蒙头睡去。

八

早上出门前,米晓琳提醒江宇声,明天预约好的去医院取卵,今晚不要加班,早点回家,休息好很重要。江宇声点头答应,嘴里咀嚼着最后一口早点,抹抹嘴出了门。

上天眷顾,经过三个月的准备,检查、取结果、调整休养,再检查,米晓琳的身体状况终于达到良好状态,所有指标合格,只等排卵期取卵,过几天再把受精卵移植入体内,当然,前提是卵子和精子在试管里相遇,并在医学手段的干预下,培养成合格的受精卵。米晓琳早已摩拳擦掌,做好了准备,当然,江宇声的体能和情绪同样十分重要,今天晚上一定不加班,一定好好睡一觉,明天精神抖擞地去医院,状态良好地把自己关进那间虽然狭小但功能强大的采精室,以饱满的情绪和充足的体能生产一群可用于育种的优质精子。江宇声很清楚地记得阅读过的那份《试管婴儿详细流程》，取卵当日，作为精子提供者的他，也有着不可推卸的重要任务……不不，不对，从什么时候开始，江宇声已经在心里把自己称作"精子提供者"，而非"江小米他爸"了？他脑中所有的想象，什么时候开始不再围绕着一个可爱的婴儿形象展开，而是充斥着一群面目模糊的细胞？他已然把自己定位为一个细胞生产者，而非一个婴儿的父亲，他甚至有些怀疑，当孩子的胚胎成型的时候，怎么能确定那个最初的细胞是来自于自己身上？尽管很少有父母会怀疑回归的游子是否被调包，但他还是担心，那个即将离开他身体许久的细胞，如何能完好无损、一路顺利地回归母体？

不能亲自送它进入母亲的身体，那就只能叫做"精子提供者"，或者"细胞生产者"，而非父亲。尽管他知道自己的想法其实荒谬，从科学角度说，父亲的本质不就是精子提供者？可他固执地认为，作为父亲，他有责任把属于自己的细胞送进未来母亲的子宫，这样，他们才有权利被唤作父亲和母亲。要不，只是原产地与移植地的性质。当然当然，他们现在所做的一切，都只是一种"生产"，一项"任务"，毫无趣味可言的生产任务。凡事从兴趣爱好变为生产任务，就不好玩了。

对，就是这个"玩"字，江宇声忽觉某种醍醐灌顶的领悟。和米晓琳结婚六年多，他才明白，自己的老婆是深得"玩"之精髓的，她早已把某种爱抚与调情叫做"玩"了，她抚摸他胸膛上的丛林时，就爱说"给我玩吧"、"让我玩玩你吧"。当然，他也喜欢"玩"，最可"玩"的就是接吻，那简直就是一件太好玩的事了，他迷恋那种可玩味而不索求结果的纠缠，就好像某种精神依赖，让人上瘾的毒品。

可惜，米晓琳因为发现了他长出一根白色胸毛而不再玩他,他也因为她口中滋生厌氧菌而不再吻她,不不,是因为要做试管婴儿,不再需要吻她。不管什么原因,总之这两人不再相互觉得好玩,就只能生一个孩子来玩玩了。这话,米晓琳早已说过,"生个孩子来玩玩",大概这也算是女人的善意表达,即便是无意识的,也是助他逃避责任。想到这一层,江宇声心里顿时涌出几许感激,又觉得有些对不起米晓琳。他们要去完成一项"生产任务",老婆表现得比他有担当,作为一家之主的男人,他怎么可以没有一点责任心?于是,那种沉甸甸的,带点沮丧的,还略微有些悲壮的感觉,悠悠然地从心底升起。这种感觉一点都不好玩,江宇声想,可他很清楚,他真心接受了这种不好玩的感觉,不想再要逃避。

江宇声一路胡思乱想,进公司大楼,等电梯时,手机震动了一下,看一眼来信名字,乔路西,心脏一阵急跳。他没立即打开短信内容,也没有猜测那是一条什么内容的短信,这是江宇声一直习惯的做派,他喜欢的"玩味"状态。是的,乔路西的短信终于来了,他默默地等了三个月,这三个月,他无声无息地等待着那个十年不见的人,就像等待一场惊涛骇浪的来袭。有些恐惧,有些期待,有些预知无奈之后束手就擒的坦然。

坐到属于自己的办公桌前,江宇声才打开短信,没错,乔路西发来的,仅有一句话:

我已回上海,老地方吃饭,今晚可好?

脑袋腾然一热,心脏一阵抽搐,不再是磨盘碾压的钝钝的痛,而是拨弦过猛导致断裂,尖锐的痛感猛地袭来。

江宇声呆坐许久,捏着手机却不动弹。和米晓琳说好的,今晚一定准时下班,即便老板真的派他加班,他也打算抽身回家,一切任务再紧再急,也只能用今天和明天以后的任何时间去补偿。他想告诉乔路西,哪一天他都可以请她去老地方,唯独今晚不行。不不,这么说,连他自己都要怀疑自己,是不是真有不轨的企图。可是拒绝乔路西的邀约,他自知做不到那么潇洒,他是真的舍不得。正犹豫不决,有客户来访,江宇声便一头扎进了工作。

中午接到乔路西的第二个短信:

如果没空,那以后再约。不过,真的很想念老地方的饭,多少年没吃了,也很想念你……

心头又是一阵抽搐,仿佛断了第二根弦,痛过之后再痛一次,更是楚楚的痛。

九

这是一个繁忙的上班日,少见的繁忙,繁忙的工作让江宇声逃避去做棘手的选择。其实，有些工作不是急到必须即刻去做，很难说他是不是故意的。总之，直到下班前半小时，他还在修改手头的一个广告案子。大脑却似一江滚滚而过的混沌水流，肆意翻腾着、随波逐流着，已是不能控制。

三个月前，乔路西去北京谈项目，次日回美国。那天午夜，江宇声给她发过一条短信：

老地方，我没忘，等你回来。

她没有回复，直到今天，她告诉他，她如期回来了……他早在三个月前就已想好，等乔路西回上海，他要约她去老地方吃一回阿香米线，如果她愿意，晚饭后还可以去中山公园走走。成熟男人的优点就是，不怕降格自己以求欢好，不怕被奚落、被嘲笑，甚至不怕遭拒绝。他不会再装酷了，当年把自己憋死也没有开口问一句"为什么"，哪怕是表达一丁点儿"等你回来"的意愿。如今,"为什么"已然不重要,"等你回来"也不再是那个意思,他不要求更多,只打算跟着感觉走,哪怕只是潇洒走一回。那天晚上,江宇声连着用了两首港台歌曲的名字来鼓励自己,虽然都是青春少年时候听的老掉牙的歌,但仿佛找到了理论依据,治愈系、释放型的"亚鸡汤"类歌曲,总是适合充当人生指导。

然而,三个月过去了,一切都按着他想好的方向在发展,她回来了,发来了短信,现在,江宇声却不知道该怎么回答她。他不希望自己失控,可脑中一次次闪过的,却是多年前的往事,并不是可控的场面。

中山公园的某个僻静角落,他第一次吻她,深冬季节,寒假前,考完最后一门课。那个冷空气骤降的寒夜,他把她裹在自己又长又大的羽绒服里,他们吻得还不那么娴熟,两双冰冷的嘴唇和两副颤抖的牙齿鲁莽而又勇敢地冲撞着，发出"咯咯"的声响。可是紧贴的胸口是火热的，哪里还管得了冻到麻木的手脚和脸蛋？第二天就要各自回老家过假期，今天之后，要三十天后才能见到，所以他们格外珍惜这一夜，酷冷根本不能阻止他们。就这样，在零度的寒夜中，他们足足吻了半个多小时，吻得世界都静止了，冰雪都融化了，吻得都分不清哪两片嘴唇是自己的，哪两片是她的。第二天，江宇声嘴唇周围出现一圈红肿，第三天，红肿裂口，成功破溃，形成冻疮。好在放寒假，乔路西没有看见他冻疮围绕的嘴唇，他也不知道她嘴上有没有生冻疮。再次接吻已是早春开学，他痊愈了，她，小狐狸的嘴巴，还是那样薄薄的，一副伶牙俐齿的模样……

还有，国庆休假的学生宿舍，他和她第一次犯规。本地的室友回家了，还有两位室友去外滩看烟花，一时半会儿不会回来。她在一楼宿管处登记簿上写下自己的名字，敲开三〇三室的门。他正在打扫卫生，为了她要来。看到她战战兢兢地站在门口，尖下巴狐狸小脸上写满了欣喜和激动，他丢下手里的扫帚，把她一把拖进屋里，踢上门，抱着她，咬住她的嘴巴久久不放。她小脸憋到通红，是快要透不过气来的样子了，他才放开。然后抱起她，一把托到自己的上铺。他则抓住床沿，引体向上，一跃，就让自己滚到了二层铺的帐中。她可真是娇小，玩具娃娃一样，他只要一伸手臂，就把她完全笼罩了。然后，他们就在男生宿舍总也驱散不尽的脚臭味和泡面味中，在那方两个人的身躯只能紧紧镶贴而没有余地的空间里，无休无止地亲吻、爱抚，直到从一楼飞蹿而上的尖锐的叫喊声响起：三〇三访客，还有半小时要关门了，请及时离开。他们这才受到惊吓一般，连滚带爬地跳下铺位，各自低头整理衣冠来不及道别，她像一只小老鼠一样，"嗖"一下溜出了宿舍。然后，这一夜，他就会如同睡在过山车里一样，回味适才如同钢丝上舞蹈、烈焰中飞翔、雷雨下疾跑的感觉，那种好到心痛的穿透，恨不得把心里的疼爱倾囊而出的侵略，甚而让自己无法控制地变得粗暴起来的甜蜜……

那些想起来都会隐隐有心酸感弥漫的幸福，娇小到如同玩具娃娃一样的乔路西给过他的幸福，江宇声想到这些，并无表情的脸上透出几许愁绪，两腮间氤氲潮湿气流，仿佛呼之欲出的苦笑，又仿佛莫名感动之后自己都未察觉的哀伤。

离下班时间还有十分钟，江宇声终于回了一条短信给乔路西：

老地方，不见不散。

乔路西的回信很快来了，就两个字母：

OK。

江宇声本想确认一下究竟去阿香米线还是湘鄂情,最终还是没说,乔路西也没问。十年过去了,他们好像依然有着彼此信任而不怕被误解的默契,抑或终究没有改变那份彼此猜测而不愿意说透真相的隔阂。

江宇声分明感觉,自己更喜欢维持这份默契或隔阂,即便永远不知真相。

十

江宇声率先到达阿香米线,他深深记得当年谈恋爱时,绝大多数时候都是他依从乔路西的口味,阿香米线是她的最爱。选定角落里的座位,江宇声开始忐忑而又急切地等待,乔路西却久久不出现,直到六点半,终于慌神,想着,是不是应该去湘鄂情？还在犹豫中，手机震动起来，接听，是乔路西典型的气声短语：

宇声，对不起。

有事耽搁，我刚到。

伊面如故，来了吗你？

伊面如故？江宇声迅速搜寻记忆库，并没有"伊面如故"的储存，口中却说"我马上就到"。挂断电话，出阿香米线，刚想问门口的迎宾小妹伊面如故在何方，却见街对面，斜向十米，"伊面如故"的招牌正闪烁着简朴的单色霓虹。然后，他就看见了乔路西，站在灯下的女人，衣着绚烂得远超头顶上的霓虹灯，还是尖下巴狐狸脸，他一眼就认出来，却也并不是原来哪一张，而是已然风尘弥漫。

乔路西也看见了江宇声，快跑几步，欢笑着迎上来，然后，她让自己站在了他面前。她肯定发现了他惊愕的目光，却很自信地笑道：不认识了？说着，张开手臂要拥抱他。他下意识地挡了一下，片刻，以僵硬的体态接受了拥抱，嘴里喃喃：要是路上遇到，真的不认识了。当属废话，他却真心不知道说什么好。她大笑：没吓着你吧？

一股隐隐约约的酱缸气悠然飘至，江宇声顿时警觉，闭着嘴巴用力吸气，却是一股浓郁的香水味儿。他犹豫了一下，抬起手，仿佛要找回十年前的感觉，拍了拍伏在他肩头的女人的脑袋，随后把她轻轻推到一臂之外，细细打量她，尔后，伸手遮挡住自己的嘴巴，仿佛要挡住企图从嘴里溜出来的细菌，几乎不张口地喏喏道：变化的确很大。

这回是真的感叹，却因为挡住嘴的动作，使他看起来像一个因事业低迷、生活无趣而丧失了欲望的中年俗男。乔路西再次大笑起来，过于瘦削的脸颊被开阔的笑容凿出几道深刻的纹路，她笑着说：不知道这是健康时尚吗？

可江宇声在她脸上看到的是挣扎，仿佛一个明天就要失声的人今夜声嘶力竭的吼叫。显然的刻意健身、刻意减肥、刻意晒太阳，使那张近乎呈现咖啡色泽的脸上布满来历不明的沧桑。白皙到几乎透明的皮肤不见了，青色毛细血管被诸色肌肤深深埋藏，脖子里是肋肋隆起的筋骨，本是微癟的嘴唇，因为瘦显出刻薄相。这个精瘦的女人嚷嚷着：饿坏了，进去吃饭吧。说着领先走向伊面如故的大门，江宇声跟在后面，看着她的背影，亦是看不出有一丝残留的柔情。这么坦然，坦然到如同真正的老同学见面，并且，为什么是伊面如故？是她记错，还是自己记错？在餐桌边坐下时，江宇声的情绪已然跌入莫名的沮丧。

　　乔路西点了一碗江宇声从未听说过的老鸭煨面，可她却说这是当年她最爱吃的一款面。江宇声毫无经验，更是心猿意马，随便点了一种面，目光却四顾周围食客。大学校园外的小吃店，几乎挤满了白净素颜的年轻脸庞，并不都是漂亮的，却都干净，与他们坐在一起吃饭，江宇声有种强烈的不安感，他甚至觉得压根就不该来这里，本是纯净的地方，因他们的加入而不伦不类，真是愧疚。

面条很快上桌，乔路西喝了一口汤，大叹一声：老味道，没变，太好了！随即，一边吸溜着面条，一边说着她标志性的破句断句：等一下，吃完我们去学校，走走吧，看看以前，上课的地方还有，宿舍楼。我是不是，嗯，老了？总爱怀旧……

她一定是把自己假想成了一个小有成就的归国华侨，游子归来，总是要到简朴得寒酸的食店里吃一口记忆中的家乡饭，要去母校的教学楼里走一走，抚摸一下她坐过的那张课桌，要和曾经爱过的人并肩散散步，一起回忆青春的过往……江宇声忽然有种懊恼感，他怀疑，那些自称怀旧的人，多半是为炫耀当下。

一餐饭的时间，江宇声只说了没几句话，都是被动的回答，是，抑或不是，好，抑或不好。他成了一个木讷的人,在旧情人面前,只是,整个吃饭过程,总想起地铁里抢他座位的那只小兽,一个陌生女孩填补了他三个月的念想,现在,他觉得有些对不住那只小兽。大多时候,江宇声都紧闭着嘴,甚至屏住呼吸。他担心自己一张嘴,就无法守住某个秘密,他不愿意让这个秘密从自己嘴里流窜而出。他就那样看着乔路西,听她说话,点头、微笑,鼻子里发出"嗯嗯"的呼应,嘴里却一口口吞咽着源源不断的发酵味儿,它们穿透鼻咽一路深入,贯穿他的上呼吸道,他仿佛看见自己紧闭的嘴里正有无数颗厌氧菌争先恐后地钻出来,又以争分夺秒的速度在舌苔、上下颚,腮壁两侧蔓延,不到一分钟,他的口腔里就挤挤挨挨地长满了白色的蘑菇,它们长得太快了,几乎要从他的嘴巴和鼻孔里钻出来,他必须紧闭双唇,屏住呼吸,才能阻止它们到处乱窜。是的,他几乎感觉脑袋都要胀痛起来,厌氧菌很快会蔓延到大脑里去,他预感到,再这样下去，他的脑中也将长出蘑菇，乌云般成群结队的蘑菇……

江宇声没有陪乔路西去大学校园里进一步治愈她的"怀旧"病，当然，到中山公园去走走的想法，从第一眼看见她就打消了。吃完饭，他就满怀歉意地说：不好意思看来要失陪了，我还有个约好的客户要见，反正，反正，反正你以后要常回来的，我们有机会再约，好吧，那就，我先走了，真是抱歉，要迟到了，就不送你了……江宇声像是传染了乔路西的毛病，尽是断句破句，语无伦次的，还总是下意识地后仰身躯，不时抬起手来遮挡一下自己的嘴巴，怕一不小心就要把唾沫星子溅到乔路西脸上似的。

乔路西有点失望，可还是很爽快地说：那好吧，下次吧，可是，说不定，没有下次了哦！她那仿佛被整杯咖啡泼了一脸的赭色面容里，竟带着小小一丝威胁，抑或嘲弄。江宇声退后一步，挡住自己的嘴，说了一句最凡俗、最普通、最没有意义的话：哪里哪里，不会的，好吧，再见！

说完，丢下有着国际化时尚肤色的乔路西，迈着快速而又细碎的步子，像一个流年不利、诸事不顺的中年男人那样，逃离了不期而至的一切可能。

十一

江宇声远没有用足预留的时间，八点半就到了家，比承诺米晓琳的九点半早一个小时。下班前他给她发过一个短信：

> 逃不掉，还是要加班。我保证九点半前到家，你要休息好，保持心情愉快，乖，听话！

江宇声很久没用这么肉麻的话和老婆调情了，米晓琳没回复，他自己确定，她是接受了，哪一次突然加班她不接受的？你是通情达理的女人，江宇声一向这么夸她，毫不吝啬。

可米晓琳还是生气了，从他踏进家门开始，她就盯着电视里的韩剧，没看他一眼，也没发出任何追问。江宇声换鞋换衣，进出卧室，眼角余光不断扫视板着脸的女人，似乎心虚，又好像是做好了什么都不解释的准备，就这么沉默着。

加完班回到家的男人，面露疲惫之色，还有些许颓唐之气。他进浴室洗澡，用沐浴露在自己胸膛上搓了许久，搓掉不小一撮黑白夹杂的毛发；他刷牙，很用力，还打开那瓶甲硝唑漱口水，倒一口进嘴，使劲鼓动两腮，发出极响的"咕噜咕噜"的漱口声，反复多遍，把一瓶漱口水用掉大半。他饱含着满口薄荷辣，光着身子进到卧室，掀开米晓琳身边的被子钻了进去，然后，赤身裸体地抱住米晓琳。米晓琳盯着电视机的目光终于转向他，并且开口，语气颇为惊讶：你，怎么了？

江宇声的脑袋埋在女人半躺的腰部，摇摇头，紧了紧搂住她的手臂，过了许久，忽然说：你怎么不告诉我，漱口水是给我用的？

米晓琳突然笑起来，捂着嘴，身体轻微颤抖，还发出"吃吃"的笑声。笑完，侧过身，搂住江宇声：嫌你的事不是一件两件呢，都要说出来吗？你是我老公……

江宇声忽觉下体勃然而起，如同青春少年，鲁莽而又勇敢得毫无戒备，可是，他没有想要接吻的想法，一丝都没有，他感觉到了某种超越，不需要接吻就能做到的新境界。情不自禁地，他伸手去解女人的睡衣，却被米晓琳阻挡：哎哎不行，明天要取卵，怎么回事你？忽然这样……

江宇声紧闭嘴巴，锁住满嘴蘑菇，手里不依不饶地撕剥着女人的睡衣。米晓琳捉住他的手，仿佛要表明她并没有嫌弃他嘴里的厌氧菌，低头凑向他，柔情万分地说：就接吻吧，别的什么都不做，就接吻，好吗？

江宇声猛地偏过脑袋，让自己的嘴巴躲开她近在眼前的脸，随即抓着她睡衣的手也松了下来。接吻，接吻有什么好玩？他显然感觉到了某种更可怕反应，身上腾腾的热流快速变冷，勃勃待发的少年英雄转瞬间退却，情不自禁地，他张开嘴，发出一声哀叹：唉———股臭鸡蛋味儿抑或酱缸气顿时冲出口腔，他赶紧捂住嘴巴，然后，慢慢翻过身，背向米晓琳，说了声：睡吧，明天还要去医院。

紧闭嘴巴的江宇声努力让自己的眼皮也闭上，试管婴儿战役开始以来，明天是最关键的一仗，他必须打好。并且，他有种预感，从今往后，只要提到接吻，他就再也无法让自己强硬起来。那些厌氧菌也不知道是从什么时候开始驻扎进他口腔里的，总之它们已经在他嘴里安营扎寨了很长一段时间，这使他对米晓琳产生了也许是永久的愧疚。他想，今夜，他一定要休息好，明天精神抖擞地去医院，进到那间狭小却功能强大的采精室,生产出一群健康强悍的精子,他希望通过自己的努力拥有一个健康的孩子,余生,就有人替代自己,陪米晓琳玩了。

——原刊于《十月》 2017年第6期

绿手指

一

田小秧到达雕塑公园时已经迟到,那个叫张立刚的"适配男方"也许等不及走了,走了也好,她想,走了她就可以和杨老师讨价还价,对方爽约,责任不在她,不该算进三次相亲额度。无论如何,花三百八十元认识一个五级伤残,太亏了!

杨老师是婚介所的办事员,不知从什么时候开始,但凡非体力劳动者,都被唤成了"老师"。保险公司业务员是老师，会计、出纳、工会干部也是老师，连居委会阿姨也不叫阿姨，都叫老师了。田小秧是一家大型化工企业的技师，单位里的小青工都叫她田师傅。听上去"师傅"要比"老师"层次低一些，可田小秧未必看得上居委会阿姨或者婚介所办事员这样的工作。然而人家是老师，她不是。

田小秧低头看了一眼捏在手里的名片：通下水道请打电话13990037535。内心的鄙夷涌上面部，变成一种奇怪的笑。她咧了咧嘴，掩饰了一下呼之欲出的笑意。杨老师说了，她们这家婚介所，应该冠以"绿色环保"荣誉称号，譬如这名片的来历，就可以写成一部节约资源、倡导环保的报告文学。居民信箱里不是总收到各种广告传单和杂工推荐名片吗？杨老师废物利用，搜集了很多，只要反面空白，就抄上征婚者的姓名、年龄、工作、电话等基本信息，男女双方见面时人手一张对方信息卡，简洁明了，方便节约。于是那些通下水道、修锁开门、打洞搬家的小工们跟随着征婚者，在多则三五次，少则仅一次的相亲活动中成为重要的参与者。

田小秧手里的名片，背面才写着她准备赴约的男方信息：

> 张立刚，1962年10月生，公安部门工作……

名片上没写的信息，杨老师也已如实相告：张立刚参加过对越自卫反击战，在云南边境打仗受过伤，立了三等功，战斗英雄，说是五级伤残，不过残得不厉害，只断了几截手指。

田小秧不想赴约，可杨老师说："手指头断怕什么？男人又不做针线活，不影响关键功能就行。"说完还冲田小秧意味深长地笑。田小秧一点都不想笑，也不想说话，她不愿意反馈给杨老师任何心照不宣的眼神或表情。可是现在，她看着手里名片的"通下水道请打电话13990037535",却没来由觉得好笑。抬头间,却见一个男人笔直地站在雕塑公园二号门门口,双手插在裤袋里,一颗过于方正的脑袋正高昂着做眺望状。

田小秧从没见过张立刚,可是直觉告诉她,"适配男方"就在眼前,不高不矮,不胖不瘦,就是脑袋大了点。不过,方头大耳的男人并不招人讨厌,卡通形象"大脸猫"似的,还有一点儿可爱。总之,没有超出预期的惊喜,也没有令人惊吓到的失望。一个极普通的男人,让普通女人田小秧感觉到一切处于普通中的自然,心里的别扭略微消除,便朝那颗方脑袋径直走去。

十五分钟后,两人在公园内的一间茶室落座。服务员送上茶具水果转身离开,张立刚掏出始终藏在裤袋里的双手,搁在茶桌上。田小秧迅速看了一眼那双手,很遗憾,她看到的是一副灰绿色棉线手套。

张立刚开口：很抱歉！有一件事，介绍人大概提过，我的手受过伤，我想你已经知道。你没拒绝见我，我很感激。

田小秧有些尴尬，但她不想让张立刚误以为她不介意他的残疾：是吗？我不知道啊！

张立刚怔了怔：哦，没关系，现在告诉你一样，我的手有伤，但我生活都能自理，也不影响工作。心灵的残疾远比身体的残疾可怕，你说是吗？

田小秧在心里报以沉默的嗤之以鼻：大道理谁不会说？却明知故问：怎么会伤着的？

"对越自卫反击战，三十年前的事了，那时我才十八岁。我们班接到一个排雷任务，边境线上到处都是越南人埋的地雷，一开始还顺利，我们连续排完十二颗地雷，可是很不幸，我的战友踩到第十三颗地雷，他牺牲了，我算幸运，炸断了六根手指。"张立刚伸出戴着线手套的手，拿起开水壶，往田小秧的茶杯里续水。茶杯几乎是满的，张立刚这么做，仿佛是要通过沏茶的动作向田小秧证明那双手并没有影响他正常的生活。但他没有脱手套，她只看见线手套顶端的指头处，的确有些瘪塌塌。

田小秧安坐不动，张立刚说：都过去了，退伍后我干了公安，"八〇三"知道吧？

"《刑警八〇三》？"田小秧始终不带情绪色彩的声音忽然亮了几许，缺乏表情的脸部出现了些许松动。

《刑警八〇三》是二十世纪八十年代风靡的一部广播连续剧，当时人民群众没什么娱乐生活，一到晚上七点半，几乎家家把收音机调到九九〇千赫，收听《刑警八〇三》。少女时代的田小秧，每天追踪这部广播剧，对那个代号八〇三的刑警刘刚崇拜得要命。因为是广播剧，田小秧只能听见八〇三的声音，却见不到八〇三的模样，她想象不出八〇三可以长成什么样，无论如何，那不应该是一个普通的男人。

话题还在持续:"最近正在侦破一起贩毒案,下礼拜我要去一趟广东办案,这种事要保密的,不过对你不用保密,呵呵!"张立刚方脑袋上的大眼睛一眯,笑得憨憨的。

田小秧的心忽然一揪,扯出一丝轻轻的疼痛。她有些庆幸自己总算没有放弃这场约会,可是心里一直空缺的英雄"八〇三"忽然被一个形貌普通的男人填补,又觉隐隐失落。眼前的张立刚,穿一件很普通的长袖T恤,黄不黄绿不绿的条纹,是那种从来没有时兴过,在男性平民阶层中经久不衰的式样。他怎么不穿制服?穿制服的警察可比便衣警察帅多了,她想。

田小秧忍不住看了一眼身侧的落地玻璃墙,里面映出的女人,中长发束成细细的一把,直挺挺垂在脑后,上身是一件老实巴交的蛋清色短风衣,下身是一条事业单位制服似的藏青西裤。田小秧忽然对自己的审美生出怀疑,这件风衣她一直蛮喜欢,样子简洁，颜色清爽，她以为穿这套衣服可以凸显文静素雅的气质，可是现在看来竟是潦草而寡淡的，就像一个准备去客户家做钟点工的年纪尚轻的家政服务员。如此草率出场，田小秧顿生一丝懊恼，脑中闪过她那件挂在衣橱里总找不到机会穿的玫瑰红小西服，还有方圆圆送的粉底、口红……

张立刚还在讲述他战斗英雄的当年往事，不时给田小秧的茶杯里续水，伤残的双手没有妨碍他做任何动作，甚至很灵活，只是始终被一副线织手套包裹着。田小秧很想打断他，插一句：能不能脱掉手套，让我看看你的手？可她什么都没说，只是用牙签挑起一片赣南橙，也不吃，拿在手上转着玩，嘴角始终微翘着，似笑非笑的样子，好像是心不在焉，又好像正礼貌地听他说话。

将近一个小时，张立刚说要回去了，今天他值班，为了和田小秧见面，他请同事替他两个钟头，已经超时。田小秧有些愧疚，但她没为自己的迟到道歉。张立刚到吧台付一壶茶一碟水果九十六元钱,田小秧没争着埋单,而是跟在他身边,看着他掏出钱包,打开,用戴着手套的瘪塌塌的手指拈出一张崭新的百元钞票。钱包里只有一张大钞,虽然拈起来不吃力,却依然不敌仅有一张的寒酸气。田小秧注意到,抽掉那张一百元,钱包里只剩下一张二十元的纸币了。

张立刚把钱递给收银员,扭头对田小秧说:我身边很少带现金,干我们这一行的,随时待命准备出任务,钱带多了不方便。似是不想让收银员听见,他略微低头,朝她身边凑了凑,小声说:其实也不用多带钱,要办事,亮一下证件就可以,不过你放心,我不会拿证件招摇撞骗的。

田小秧闻到他凑得很近的脑袋上一股轻微的洗发水和汗水交织的气味,不难闻,是属于男人特有的气味,这让她的心跳略微加速。她习惯性地退缩一步,脱口道:身边带不带钱有什么要紧?银行卡里有没有钱才要紧。说完觉得不得体，补充道：我知道，你是工作需要。

张立刚接过收银员递来的找零，把四个硬币放进钱包，又把钱包塞进口袋。这做派，又让田小秧觉出了寒酸。不过，作为一名曾经的战斗英雄如今的刑警，不就应该具备这样的性格吗？爽快而又谨慎，大大咧咧而又小心翼翼……这么想着，田小秧惊异地发现，她在替张立刚辩护，不由得鄙视了一下自己。

两人出公园大门，田小秧客气了一声：你还要值班，先走吧。张立刚扬手招了一辆出租车：我看着你走。说着替她拉开车门，又在她肩上轻轻一揽，另一只戴着手套的手挡了一下她的头顶。田小秧心里一暖，顺势坐进了出租车。张立刚又一次摸出钱包，拿出那张仅剩的二十元纸币递给司机：找头给她吧。然后冲后座的田小秧说了声"再见"，车启动时追了一句：可以给你打电话吗？

司机迫不及待地踩下油门，汽车往前猛地一窜，张立刚被甩到了后面。田小秧情不自禁地扭头，蒙着灰尘的后窗外，方脑袋大脸猫呆呆地立在原地，双手像归巢的鸟儿一样重新插进了裤袋。

大脸猫被出租车甩得越来越远，田小秧忽然有些忧伤，冰冷了很久的身体仿佛有了一丝回暖，可这暖意太弱，片刻就重新冷下来，久违的失落感刹那间弥漫全身。

离婚五年了，田小秧一直没找对象。现在，她发现，她有点想男人了。

二

刚进家门，方圆圆的电话就追来：快汇报，怎么样？

田小秧的征婚启事是方圆圆替她去婚介所注册的，三百八十元，包含三次相亲机会和一次集体舞会。闺蜜之间，总会相互帮衬，自然也要相互八卦。田小秧一手捏着坐出租车找的三个硬币，挑着词说：还可以，不胖不瘦，出手还算大方……

方圆圆催促：还有呢？

田小秧回答：是刑警，在八〇三工作。

方圆圆惊叫：刑警八〇三？太帅了！

长一颗方脑袋，大脸猫似的，帅什么呀。田小秧没说他参加过对越自卫反击战，也没说他只有四根手指。方圆圆大笑：脸大忠厚。你说他出手大方，怎么大方了？

田小秧想了想：请我喝茶，吃水果，还有，回来时替我叫出租车，车钱他先付了，关照司机找的钱都给我……田小秧不想撒谎，也不想说实话，倘若方圆圆认为他付给司机的是一张百元大钞，那也不是自己嘴里说出来的。

可是方圆圆却并不认为这就算"大方"了：男人嘛，起码的，你以为人人都是陈中华？

陈中华是田小秧的前夫，作为闺蜜，方圆圆对她曾经的婚史了如指掌。田小秧赶紧补充：喝的是特级高山铁观音，水果都是进口的，车厘子、美国提子……田小秧还是撒了谎，其实她不知道张立刚点的是什么茶，她不懂茶，喝不出好坏，水果，就是一盘切好的赣南橙，超市特价卖两元九毛八一斤的那种。方圆圆调侃的声浪传来：哟，刚认识就替人家说话了？重色轻友啊你！

田小秧忽然问：圆圆，刑警工资高不高？

方圆圆回答：警察是公务员，工资当然高，刑警还有补贴，少说也要一万多吧。

田小秧心里一喜，随即莫名的担忧涌上心头。

挂电话时，方圆圆说：这几天我不找你，让你安心谈恋爱去。

田小秧回：谁谈恋爱啊！还没决定呢。

电话挂断，田小秧从手提包里摸出零钱包，把捏了好久的三个硬币放了进去，脑中却闪过张立刚的钱包——一只长方形双折棕色皮夹,看起来像牛皮,里面却没什么钱。幸亏他长了一颗大脸猫似的方脑袋,要是换一颗橄榄头,或者一张鞋拔子脸,她早就扭头走了,不可能跟他进茶室。田小秧讨厌脑袋瘦小、脸颊狭长的男人,她认定那种"尖嘴猴腮"的男人目光短浅、心胸狭隘、刁钻吝啬……这么想的时候,田小秧完全把她的前夫当成了参照,陈中华就是一个尖嘴猴腮穷酸相的男人。

离婚后,田小秧一直和母亲住在一起,这些年,母亲把控诉陈中华的"罪行"当成了和戏曲频道《越剧天地》同等级别的娱乐节目,几乎每个星期都要重复同一个桥段:第一次上门,我就看出他是个小气鬼,提一箱光明牛奶,两桶金龙鱼食用油,发放节假日福利呐?怎么不去超市买两封打折卷筒纸?

母亲干瘦的身躯端坐在一张靠背椅子里,嗓门不大,语气也不激烈,只是连续不断地说,没有起伏的音调,念经似的,话却竭尽尖刻。起初田小秧还辩解:倒不能怪他,他问我带什么礼物,我说实惠点的,吃的用的都可以,他就买了牛奶和食用油。

母亲的念经立即有了持续下去的内容:吃的用的多着呢,家用电器、手机、汽车,买不起吧?海参燕窝、深海鱼油,舍不得买吧?一毛不拔,铁公鸡,活脱脱田玉德第二……

田玉德是田小秧那死去的父亲,母亲对已经在天堂里安睡了二十年的丈夫至今耿耿于怀,前几年,控诉死去的丈夫是她最重要的业余活动,后来,陈中华很荣幸地替代了他从未见过的岳父大人的位置。

父亲的"罪行",也有被母亲反复提及的经典桥段:我刚生下你,坐月子呢,知道田玉德给我吃什么?熬一锅骨头汤,第一顿在汤里下大白菜,第二顿下菠菜,第三顿下鸡毛菜,顿顿骨头汤,还说骨头汤发奶，把我吃得皮包骨头。小秧你姓田，可从小到大，田玉德没给你买过一样玩具，也没带你出去玩过一次。每个月发了工资全部交给你奶奶，杭州出差回来，拿着小核桃就去后弄堂你奶奶屋里，一颗都不留给你吃。你奶奶说要吃太仓肉松，田玉德二话不说给她买回来。你也要吃，他板起脸教训人，说小孩子不能养成好吃懒做的坏习惯……

这些都是母亲在无数次的控诉中提及的往事，田小秧却没有清晰的记忆，脑中留下的那些父母吵架的日子，不是恐惧的黑暗底色，而是自由以及饥饿。这一天，母亲一定会以不起床、不做饭来表示她的抗议。父亲吵完甩手回单位集体宿舍了，要等下周轮休才回家。田小秧近乎自得其乐地过着她的日子，她甚至喜欢被冷战的父母遗忘的感觉，他们身陷自己的悲伤与愤怒中，无暇顾及她，她便在放学路上长久游荡直到天黑。到家后她就玩她的女红游戏，找一块废布料，描上几朵大丽花，再把布料缠在圆形绷架上,穿针引线,做一个小绣女,一直绣到饿得晕乎乎睡着,也没抽出一分钟闲心去理会一下她那躺在床上默默悲伤的母亲。

母亲认为,父亲那么不待见自己的亲生女儿,归根结底就是重男轻女,这让田小秧对早已死去的父亲抱有一丝轻轻的怨气。这怨气无关记忆,那是母亲传授给她的间接经验,她只是觉得,自己应该与母亲站在同一立场。

神奇的是,田小秧遭遇了一场几乎与母亲如出一辙的婚姻,她也遇到一个视钱如命的男人,她也生了一个女儿,随着女儿的长大,她和陈中华也开始为了钱吵架,并且越来越频繁。母亲以她丰富曲折的人生阅历明察秋毫地断言,陈中华是彻头彻尾的田玉德第二:这是命,逃不掉的命。小秧,离婚吧!有妈呢……在母亲的支持下,田小秧成功地离了婚,带着女儿住进了母亲那套多年来独居的二室户。田小秧的家,就成了现在这样,由老中青三代女人组成，一个多层次、少人口的简单家庭。

　　似乎离婚并没有让田小秧受到多么巨大的创伤，没有男人，不需要在母亲与丈夫间周旋，平静生活，努力工作，照样有健康的人生，这让田小秧常常感觉到有一种专属于自强不息的单身女人的庄严与骄傲浸注在自己的血液中。令人欣慰的是，女儿也很正常地接受了父母的离婚变故，看起来没受什么伤害。不知是小孩子屏蔽危机自我保护的应激反应，还是天生性格冷淡，这孩子无论父母争吵得多么激烈，她都不会惊慌，只安坐在自己的小床上，抱着方圆圆送的一个芭比娃娃，给它换衣服、梳头发。偶尔，冷淡的目光接上田小秧的目光，不回避、不惊恐、不担忧的小眼神，倒让做妈的忽觉慌乱。可想想自己小时候，也是从不惧怕父母吵架的，并且，好像从未对母亲抱以同情，当然也不恨父亲，更谈不上爱。如今，她也不留恋男人，不留恋婚姻，只觉得离婚是一种失败，遭遇失败，终归有些遗憾。

直到有一天，方圆圆特地跑来报告：陈中华大概结婚了。我去联华超市买东西，看见对面书报亭里，陈中华和长一张大饼脸的报亭妹脑袋抵着脑袋说话，很要好……田小秧笑了笑，很有骨气地说：这和我有什么关系？

半年后，方圆圆又传来消息：那个大饼脸报亭妹肚皮鼓起来了，有五六个月的样子，陈中华站在报亭里替她卖报纸呢。田小秧就真的怒了：圆圆，陈中华和我没关系了，不要再告诉我他的事行不行？

自此，方圆圆没再提过报亭见闻。田小秧却在每每看到某处东方书报亭时，就会想到大饼脸报亭妹，她正挺着大肚皮卖报纸吧？快临产了吧？孩子生出来了吗？满月了吧？男孩还是女孩？倘若是女孩，陈中华又会怎么对待他的第二个老婆和第二个女儿？

终于有一天,田小秧亲自造访了一回联华超市对面的报亭。那天是去参加单位的三八妇女节联欢,因为要上台领"巾帼奖",她穿了一身崭新的套装,还特地吹了头发,理发店的镜子向她提供了一个干净、文静的女性形象。鬼使神差的,她就在去单位的途中增设了报亭这个站点。田小秧决定买一份最便宜的报纸,陈中华不配被她牵记关注,唯其用最低的成本,才能让她不为自己去做不值得做的事而懊丧。

令田小秧惊异的是,报亭妹并非长着一张如方圆圆所说的大饼脸,而是小圆脸,还配一双大眼睛,眉目间流露出不经世事的年轻,穿一件八成新湖绿休闲装,略带点土气,可是青春洋溢。田小秧不禁疑惑,方圆圆凭什么断定她就是陈中华的老婆?就凭陈中华在报亭里替她买报纸?也许是方圆圆为让闺蜜高兴,故意把人家说成大饼脸?还是眼前这个报亭妹,根本不是方圆圆说的那一个?这么想着,一探头,却见报亭里有一架婴儿车,一团辨别不出男女的胖孩子正在熟睡。田小秧忍不住问:这是你的小孩?多大了?弟弟还是妹妹?

报亭妹点了点头,小圆脸上涌起满足的笑:儿子,六个月了。

田小秧顿觉胸口一痛,心脏仿佛被一只尖利的手猛抓了一把。本想礼节性地说一句"好可爱",却说不出来,便交了七毛钱,拿着一份毫无必要的《劳动报》离开了。

田小秧不愿意相信年轻的报亭妹就是陈中华的老婆,更不愿意相信婴儿车里的胖孩子就是陈中华的儿子。倘若是,那他就可以彻底忘掉他还有一个女儿了,田小秧哀怨而又愤怒地想,从此以后,他若是想要来探望女儿,门都没有!可是,他什么时候提出过要来探望女儿了?从来没有!法院当时判定陈中华每月付女儿抚养费三百元,他便以打卡的方式维系着与女儿的责任关系。也许他最怕的就是见女儿，怕田小秧教女儿说这样的话：爸爸，我都上预备班了，辅导班、参考书，三百元不够……

离婚五年，田小秧从不觉得自己需要再嫁，可是现在，那个猥琐吝啬的男人也许真的又有了老婆，还有了儿子，好像过得还很幸福美满，她却想不出任何可以令他不幸福、不美满的办法。不不，她从没想过要让前夫过得不幸福、不美满，那不是她的风格，更不是她的目的。虽然她在报亭眼见的一切未经证实和陈中华有关，也不想去找方圆圆求证真假，但她还是觉得，自己骨子里的庄严和骄傲，已经无法匹敌前夫可能拥有的幸福和美满，那些庄严和骄傲，便似对垒的落败一方，正蔫头耷脑地从她心里渐次退场。

除非，除非嫁一个远远超过陈中华的男人，才能赢回来……田小秧有些鄙视自己竟生出如此庸俗的念头，可不知道为什么，这念头死皮赖脸挥之不去地驻留在了她的脑子里。

三

张立刚打电话给田小秧,说刚从广东出差回来,晚上请她吃饭。田小秧上完夜班正在睡觉,晕头晕脑接了手机,糊里糊涂答应了。挂断电话去卫生间,掀开马桶盖坐下,听到水注声从身下传来,并不激烈,持续片刻,声音止息的当口,田小秧打了个哆嗦,抬头,见洗脸池上方的镜子里,一个蓬头垢面、苍白憔悴的女人直挺挺坐着。她一惊,顿时清醒了。

清醒了的田小秧决定去小区四号门外的美美理发店做个头,她是固定去这一家的,一个外来妹开的店,洗剪吹二十元,手艺一般,但市面上大概找不到这么便宜的店了。田小秧一直保持着同一种发型,中长直发,三个月修理一次,不染不烫,只剪掉头发末梢开叉的一截,不需要到那种贵得离谱美容院去做。走出四号门，却发现那片店重新装修过了，陈设比过去豪华许多，仰头看招牌，美美理发店变成了新发社。洗头妹也不见了，一个白衬衣黑领结洗头仔迎出来：阿姐做头？洗剪吹全套六十八元，开张第一个月，打七折。

田小秧站在门口不动，她在犹豫要不要进去。洗头仔一双单眼皮细长眼里流出略带矜持的殷切：阿姐，我们新发社是全国连锁，绝不斩客的，做会员卡可以打三八折，六十八元的洗剪吹，只要二十五元。

田小秧想：只比美美理发店多五元，倒是不贵。便抬脚进了店内。

田小秧仰躺在洗头椅上，一双灵巧的手在她脑袋上抓挠揉捏，柔和，却不失力度，感觉很舒服。洗头仔扬州口音的普通话从头顶上方传来：

阿姐第一次来，叫我阿邦好了。

阿姐是住在后面小区里的吧？抓得重一些，还是轻一些?

水有没有太烫?阿姐有什么要求告诉我……

田小秧从未享受过这样体贴的服务,心里觉得受用,嘴上却什么要求都不敢提,就怕额外付钱。

冲洗完,阿邦用一块干燥的毛巾替她包住头发,扶她起来,手掌轻轻抚住她的脑袋,引着她朝镜子前走。田小秧心里一动,这些年,她没有让身躯的任何部位与男人触碰过,连握手都没有,她几乎忘了与异性肌肤接触是什么感觉,她以为,她已经不习惯被男人触碰。可是现在她发现,她喜欢自己湿漉漉的脑袋被一个陌生男人的手抚着,尽管手的主人只是一个洗头仔,但被一个年轻男人触摸的感觉是新鲜而微妙的,令人紧张,却有隐约的欢喜。

阿邦把她引到镜子前坐下,拿出一盒棉签:阿姐别动,给你掏一下耳朵。

田小秧习惯性地想拒绝,但阿邦的一只手已经轻轻捏起她的耳垂,另一只手里的棉签紧跟着探进了她的耳洞。田小秧只觉一阵酥麻，通了电似的，鸡皮疙瘩刷地起了一脖子，随即，耳洞里的电流簌簌地传遍全身，一激灵，下腹竟发了热，微微胀痛，却是令人舒坦的痛。田小秧的肌肤、血液以及身上的器官久已荒废的感受力，就这么被调动起来了。阿邦掏完一只耳朵，移到另一边。这一回，田小秧预知了第二只耳朵也将享受那种酥酥麻麻的美妙感觉，便在心理上做好了准备。阿邦轻车熟路，捏住她的耳垂，手持棉签慢慢进入。田小秧的躯体虽然坐得僵直，体内却分明生出了一种久违的血脉涌动，耳垂也已热得发烫，偷偷瞄一眼镜子，天呐！脸上一片绯红。耳垂边的那双手，还在温柔地动作着，纤瘦细长的手指白皙而干净，骨节微微凸出，饱满的指甲盖散发出淡淡的白亮光泽。以前从未注意过，男人还可以有这样的手，漂亮、柔韧，还有力，让她想到一种叫"铁兰花"的植物的名字。

三个小时后，田小秧抬起眼皮，看见镜子里焕然一新的自己。一头卷曲而不过分、简洁却不呆板的短发，一簇浪花般的刘海，恰到好处地挡住了额头上最讨厌的几道皱纹，两鬓处还顺出几缕发丝，让瘦削的脸多了几分娇媚，本来有些刻板的面相，这会儿变成了有克制的娇羞状。真是前所未有的好啊！

田小秧动用了银联卡，做了一张一千元的会员金卡。走出新发社大门，身后传来阿邦的道别声：阿姐以后来，就找阿邦，我星期三休息，别的时间都在……

到家已是四点，田小秧扎起围裙，开始忙碌晚饭。女儿放学回家，惊叫起来：哇！美女耶！妈妈烫头发了。

田小秧佯装生气：瞎说什么？快去做功课。

做完晚饭，母亲还没回来。老太太在老年活动中心跳扇子舞，跳完舞，她还将用一小时左右来完成本来只需十五分钟的回家路程。她热衷于把她那念经般的声音传播给路遇的七大姑八大姨，这个小区居住的都是原来弄堂里的拆迁户，众多熟识的老邻居让老太太在传播家庭兴衰史的时候具备了可持续性。田小秧提醒过母亲，自家的事不要什么都说出去。母亲自作聪明地回答：我不是什么都说的，放心，关键的话不会说。可是母亲的承诺与行为如同发自两个不同的人，田小秧经常在与邻居们相遇时听到她们关切的问候：

小秧你受苦了，陈中华那种男人，离掉算了！

小秧，你妈说你评上技师了，工资涨了多少？

小秧，你女儿要上二附中，找你们公司经理啊，他老婆是二附中校长，送个大红包……

母亲对邻居们的开诚布公，导致她家的私事成了群众关心和过问的公共事务，这让田小秧感到很不舒服。她学会了留一手，有些隐秘的事，她不告诉母亲，比如，去婚介所登记求偶，就没让母亲知道,所以今天,她倒希望母亲晚点回家。

进房间换衣服时,田小秧对女儿说:圆圆阿姨约妈妈出去有点事,外婆回家后你们自己吃晚饭。

二室一厅的房子,一间卧室是母亲的,田小秧和女儿占据了另一间,没有多余空间,女儿做功课也在卧室里。田小秧换上玫瑰红小西服,女儿扭头看了一眼,忽然说了一句让田小秧心惊肉跳的话:你要去约会吧?我建议你换那条粉红内裤。

田小秧的脸一下子红了,毫无准备地开口训斥:谁说我要约会去了?瞎三话四!

女儿狡辩:是你自己说的,圆圆阿姨约你出去,不叫约会叫什么?

田小秧想再教训几句有关粉红内裤的话,却不知如何说,便软下口气:外婆回来可别提约会什么的,她会胡思乱想的,听见没有?

女儿点头:放心吧!

四

午夜时分,田小秧回到家,母亲和女儿都已熟睡。她给自己放了一缸热水,脱衣服时,看镜子里的女人,崭新的发型已有少许折损,两鬓弯弯的发丝有些外翘。她没整理,就把自己浸入了浴缸。

适度的热水柔软而紧致地包裹着田小秧的身体,就像男人的怀抱。只不过,热水中的女人,是自然而松弛的女人。男人的怀抱,却是一缸温度过高的水,女人被烫得浑身紧绷,稍有抵触情绪,可又贪恋那种久未体验的温度,并未真的抵抗,小腹里又有微微胀痛袭来,是女人久未使用的器官重启后的过度反应。这种种复杂感觉,令田小秧不禁沮丧:太快了,都没见到他的手。

第二次见面,田小秧就和张立刚上了床。晚饭是到他家里吃的,福建路上的老房子。田小秧一进门，就用目光扫视了一圈：一只旧五斗橱，橱上摆着一台老式三五牌台钟，三根指针静静地构成某个固定的角度，一动不动，显然是一台坏掉的钟。旁边堆着一沓旧报纸，还有雷达杀虫喷雾剂、蚊香盒之类的杂物。五斗橱的对面是一张旧方桌，桌上是三只并不配套的玻璃杯，还有几个装咸菜辣酱的瓶瓶罐罐。桌边是一只木柄扶手单人老沙发，也许服役时间过久，座垫边沿有一道两寸长的开裂……屋里还算整洁，但看得出是紧急收拾的效果，未见得平时也这样。并且，家具桌椅都是二十世纪八十年代的样式，像穿越到了三十年前。唯有靠底墙的一张床上，被子叠得豆腐干一样方正挺括，想必是张立刚曾经军人身份的流露，也是这间屋里唯一让田小秧觉得有生活秩序的地方。房子的确有点小，二十平方米不到，厨房还是公用的。不过，靠近南京东路，白金地段，一间老房可以换购新住宅区两套两室户的房子，要是轮到拆迁，那就更不止。再说，毕竟是单身男人，又是八〇三刑警，工作肯定很忙，顾不上家很正常……田小秧想得很实际，她试图理解张立刚，扫视的目光回撤时，发现老式五斗橱上的一堆杂物中，安插着小小的一盆多肉植物，有些惊讶：这男人，还有心思种花？顺手拿起小花盆问：这是什么？挺好看的。

张立刚说：这叫"千佛手"，我常出差，顾不上浇水，它倒活得好好的。

叫"千佛手"的植物，果然长着很多根胖嘟嘟的圆柱体叶瓣，就像厚实的手掌朝天伸展出无数根圆润饱满的绿手指。田小秧拿起张立刚给她倒的一杯凉开水，慢慢灌进拳头大小的花盆，细石子和碎泥混合的花土瞬间就把一杯水吸干。她没问他为什么单单养一盆千佛手，她猜，他是为纪念被地雷炸飞的六根手指吧？

晚餐，张立刚亲自下厨，做了四个家常菜，还买了一瓶石库门黄酒。酒菜不算高档，烹饪手艺也一般，但田小秧感觉得出，张立刚是一个会照顾人的男人，给她夹菜，给她倒酒，吃完饭还替她削了一个新疆香梨。只是自始至终戴着那副灰绿色线手套，她想看看他的手到底伤残到什么程度，可一直没机会。整餐饭，张立刚不停嘴地说着三十年前的英雄传记，住猫耳洞，染上瘴气热毒，巡逻时抓住一个越南游击队员，独自押着俘虏归队，才十八岁啊！三等功是抓俘虏得的，不是排雷，说着，举起他那双戴着手套的手：排雷炸伤是意外。田小秧以为他会脱下手套给她看，可他收回手，端起酒杯说：谢谢你小秧，没想到你愿意到我家里来吃饭，我很高兴。

田小秧很少下馆子，也没有约会的经验，不曾想过到人家家里来吃饭是否合适。张立刚这么一说，倒让她有些后悔，之前应该咨询一下方圆圆。不过，愿意请她来家里吃饭，说明他坦然，也还自信。这么一想，她就端起酒杯，抿了一口，说：你讲了那么多过去的故事,讲讲现在吧,八〇三的故事,很好听的,我小时候就喜欢听《刑警八〇三》广播剧。

张立刚笑起来,方脑袋上两只眼睛眯成两弯月牙:那都是假的,演出来给人听给人看的。

田小秧看着方脑袋上的月牙眼:那你讲讲真的。

张立刚却停住笑,放下酒杯,站起来,走到田小秧身后,忽然俯下身,搂住她的肩膀,在她耳边轻声说:那是保密的,不过你想听,我就说,对你我不保密。说着,线织手套包裹的一只手绕到她身前,携起她的手,柔声道:就说入室抢劫吧,知道盗贼第一步要做什么?

田小秧背对着他摇摇头,赤裸的手被他戴着线织手套的手抚弄着的,有点异样,耳边的男声竭尽温柔,却令她莫名地不安。

五毛钱的硬币,知道吗?首先,要做很多个五毛硬币大小的圆纸片，这秘密，没干过公安的人，是不会知道的……男人轻声说着，温热的气息持续吹进田小秧的脖子，颈项间一阵阵酥痒，伴随着石库门黄酒的醇香缭绕，一路进入她的鼻息、口腔、胸腔、胃部，乃至小腹。她想问：做五毛硬币大小的圆纸片干什么？可小腹正发热，带着甜蜜与羞涩的轻微胀痛感，持续骚扰到她平静多年的躯体。

被一个男人环抱的感觉，就像被一缸热水浸浴，只不过热水会越来越凉，男人的怀抱却越来越热，越来越烫，最后，烫得她都有些怕了。现在，躺在浴缸里的田小秧试图检点自己如何会上到张立刚床上的每一个细节，可那只是发生在瞬间的事。只记得他那双戴着线织手套的手在她身上匍匐爬行的感觉，毛拉拉的粗糙。她闭着眼睛，神经跟着那双手移动的轨迹，一寸寸紧绷，然后，她感觉他好像在撕扯手套，接着，一团软软的、滑溜溜的东西贴在了她的肌肤上，来来回回地蠕动。她想，现在，他的身体是赤裸的，手也是赤裸的了？可她看不见那是一双什么样的手，只觉得肉与肉的摩挲，仿佛软体动物吸附在身上，蚂蝗般近乎钻进她的血管，令她颤簌，又欲罢不能。田小秧有些头晕，也许是喝酒的缘故，她没有抗拒那具发烫的身体，她闭着眼睛任由他摆布，自始至终没有勇气从被窝里抓出那双柔软无骨的手看一看。

完事后，趁张立刚掀被子，田小秧飞速扫了一眼他的手，依然是两坨毛拉拉的灰绿色。动作真快，神不知鬼不觉就把手套又戴上了，还是压根没脱过手套？田小秧很是疑惑。

浴缸里的水凉了，田小秧拧开龙头加热水，她有些害怕被软体动物吸附在身上的感觉，可又舍不得不让自己浸润于一个男人热腾腾的怀抱中。她想，她得认真考虑一下，接下去该怎么办了。

第二天早上，田小秧被母亲念经似的唠叨吵醒，她缩在被窝里听母亲诉说物价的上涨，退休工资的不经用，老年活动中心要她们买下跳舞的那把红扇子，十八块钱，黑了良心，不买，大不了不去跳舞……田小秧松了口气，母亲沉浸在自己的怨愤中，并没有追问她昨晚的去向。她把脑袋更深地缩进被窝，要是被老太太发现她改了发型，一定又是一场审问。虽说早晚会发现，但她就是掩耳盗铃、能拖则拖。终于挨到母亲出了门，田小秧翻身起床，给方圆圆打了个电话：有没有空？想和你聊聊。

方圆圆立即来了兴趣：和大脸猫有进展了？

田小秧如实相告：昨晚去他家吃饭了。

方圆圆：好不好？快说，好不好吗？

田小秧：什么好不好？

方圆圆"嘿嘿"笑：都到家里去了，还能干什么？又不是少女。快告诉我，刑警八〇三的活，是不是很好？

尽管电话那头的方圆圆看不见，田小秧的脸还是红了:不坏。

方圆圆大笑:不坏,就是好。到底是刑警,身体肯定棒……

田小秧打断她:我想,你和我一起去一趟,帮我看看,我不敢相信,我的眼光不好。

方圆圆问:不敢相信什么?

田小秧还是没把"五级伤残"的事说出来:我也不知道。

方圆圆:人家是刑警哎,哪里去找这条件的对象?你又不是……

田小秧知道,方圆圆想说她又不是头婚,她不知道男人是个五级伤残,在她眼里,一个刑警配一个拖油瓶的女人,绰绰有余。这么想着,田小秧忽然问:圆圆,劫匪上门抢劫,先要做很多个五毛硬币大小的圆纸片,你知道为什么吗?

方圆圆被问懵了:什么劫匪?你在说什么?

这个问题,昨晚张立刚没来得及宣布答案,田小秧也忘了追问。

五

第三次约会定在下周末，田小秧在电话里告诉张立刚：我闺蜜方圆圆也要来，她想认识一下你，圆圆和我最好，亲姐妹一样的。张立刚满口答应，并且提议，他也约两个发小来吃饭，人多热闹一些。田小秧想：这就算公布关系了，还是和她一样请人来做参谋？

那日上午，田小秧和方圆圆说好中午十一点半等在福建路口，自己先去了张立刚家，招待闺蜜和发小，总要做些准备。刚进弄堂口，就见大脸猫抬着方脑袋靠在门口，田小秧一出现，他立即喜形于色迎上来：小秧，我正想去弄堂口接你呢。一股热风扑面而来，随即伸手揽住田小秧的肩膀，顿时，她就成了一只被巨大的翅膀罩住的娇弱小鸟。田小秧心里暖融融，嘴上却说：又不是第一次来不认得路。菜买了吧？我来洗。

张立刚说：还没买，菜场就在弄堂口，我们一起去，很快的。

想在邻居面前展示一下他有女朋友了？田小秧想。一路出弄堂，经过一扇扇洞开的门，田小秧分明感觉无数道目光从她身上扫过，未见张立刚与邻居打招呼。到了菜场，先称了一条鲳鱼。鱼摊老板说：三十六块八，算三十六。张立刚掏出棕色双折钱包，忽然想起什么，回头在田小秧耳边轻声说：看我这记性，忘了报销广东的差旅费，小秧，要不，你先付一下？

田小秧心里咯噔一下，看张立刚的面孔满是愧疚，还叨叨着：我就是这个坏毛病，身边不肯多带现金，明天上班就去报销。

田小秧犹豫了两秒钟，摸出自己的钱包。接下去买的所有菜，包括两株西芹、一包鲜百合、一斤青椒、三只土豆、一块肋排，还有白斩鸡、四喜烤麸之类的熟菜，都是田小秧付的钱。两人提着菜一路回家，再次经过一扇扇洞开的门，穿越无数双猎奇的目光，依然没有和任何人打招呼。田小秧想：这是让我和他一起招摇过市出风头，还是拉我去付钱买菜？

这么一想，田小秧就生了疑，进家门后，目光四处搜索起来。田小秧没有看见她想寻找的警察制服，床上没有，沙发上也没有。也许挂在五斗橱里了？开橱门查看一下？还没到那份上吧？田小秧犹豫了一会儿，拿起五斗橱上的小花盆，到公共厨房里的水池边，自来水龙头拧开一点，小股水流缓缓进入千佛手下面的土壤里。那十几根绿手指，比上次长得更饱满壮实了，又胖又嫩，掐得出水一般。

张立刚靠在门框上，看着给千佛手浇水的女人。田小秧便说：你总穿便服，我都没见过你穿制服的样子，穿给我看看吧。

张立刚笑眯眯：干我们这一行的，很少穿制服回家，下班就在单位更衣室里换掉了，你想看，我下次穿回来。说着，把袋子里的鱼肉蔬菜倒进水池。

既是洗菜，总归要脱手套的，田小秧想，就说：我帮你一起洗菜。张立刚很爽快地说了声"好"，拿起搁在水池边的一副黄色橡胶手套，戴着线手套的手直接塞了进去。

居然戴两层手套！田小秧几乎被激怒，她看着男人一手托住鲳鱼，另一只手在鱼身上擦弄冲洗，忽然觉得，那双手擦弄的不是鱼，而是自己的身体，软体动物牢牢吸附住肌肤的感觉再次袭来，手臂上的毛孔一阵阵收缩，鸡皮疙瘩就冒了出来。

田小秧没有帮张立刚一起洗菜，她回到屋里，细细打量着二十平方米不到的房间。空间并不拥挤，却因为过于老旧的家什和粗糙的用具，以及近乎凌乱的陈设，使屋内处处显示着捉襟见肘。不是贫穷，也不是简朴，而是，生活得不用心，缺少某种看得见的希望，用本地话说，就是"度死日"，得过且过的意思。老弄堂里的居民，过日子其实是讲究的，房子老了，内饰却大多不差，吃穿用品不求高端，却也不会档次太低。可是这个男人居然连买菜钱都拿不出，他究竟是干什么的？刑警都不喜欢身边带现金吗？

张立刚往桌上一盘盘端菜，十一点多了，他的发小和她的闺蜜都快到了。田小秧忽然说：我还是想看看你穿制服的样子，你工作证上总有照片的，给我看看工作证吧？

张立刚把手里的一盘青椒土豆丝放下：工作证？在制服口袋里，下次穿回来一起给你看。抬头发现田小秧脸色阴沉，又说：我想想，对了，有一张很多年前的工作证，改制服前的，已经作废了，我找出来。说着去拉五斗橱抽屉，从最底下拉到最上面，五只抽屉全打开了，一边说：放在抽屉里的，没动过，怎么找不到了？

田小秧快要绝望了，可她就是不说"别找了"，她倒要看看这个男人怎么收场。屋里忽然暗下来，田小秧听见巨大的说笑声从门口传来：张立刚，赤佬做啥？翻箱倒柜的。回头看，只见两堆巨大的肉身撑满了整个门框，光线被挡得严严实实。张立刚还在抽屉里翻找，嘴里叫道：进来进来，小秧，他们就是我的发小，四毛和小头。哎，找到了……张立刚抬起头，看见的是田小秧挎着包迈出家门的背影，他抓住一个红色小本追到门口：小秧，找到了。

田小秧快步朝前走着，张立刚的喊叫没让她回过头来，脚步更是加倍急促起来，像两杆乱了方寸的高跷，跌跌撞撞地扑向弄堂口。

拐出福建路，看见站在十字路口的方圆圆，田小秧顿时像受了委屈的孩子见到家长，差点哭出来。

六

方圆圆查出了张立刚的底细,给田小秧打电话说,她老公有一中学同学在区公安局工作,拐弯抹角托人打听到,"八〇三"的确有一个叫张立刚的刑警……田小秧紧绷了两天的弦顿时一松,转而又是一紧:圆圆,你把给我征婚的事告诉你老公了?

电话里一阵东倒西歪的"咯咯"笑声:没有,我只说我有一同事最近相亲……

到底是闺蜜,想得周到,事情还未尘埃落定,田小秧不想让闺蜜的老公知道,要是不成就太丢人了,并且现在看来,不成的可能性很大。那天不告而别,张立刚肯定觉得她脑子有病吧?虽说他追了好几个电话,可她一个都没接。他发短信,半小时一条,问她究竟发生了什么事?为什么忽然走掉?为什么不接电话?短信提示音响一次,田小秧的心脏就抽搐一次。她甚至想,他再打电话给她,她就去换掉手机号码。万幸的是,她没让他知道她家住哪里。张立刚发了一整天短信,大概绝望了,至此再没有消息。

手机安静了两天,田小秧却度过了两个有所期待而要阻止自己去期待的夜晚和白天,心境竟从失而复得的安全感,渐渐转向等待、失落、不甘心。男人不再纠缠,清静了,可是,乏味透了,没劲透了。田小秧简直不明白自己,整整五年没有男人的日子,都是怎么过来的?

挂掉方圆圆的电话,田小秧立即翻出张立刚的号码,她想挽回这个差不多已经被她放弃的男人,又觉得自己这样出尔反尔,会被男人耻笑。想了好一会儿,才试探性地发出一条极简单的短信:

手机坏了,刚修好。

回复很快来了：

你吓坏我，没事就好！

显然，这个男人一直在等候她的音讯。田小秧抿了抿嘴，心里有笑意几乎要涌上脸。手机又是一响，第二条短信追来：

明晚有空么？请你吃饭，去外面吃，德兴馆，就在福建路上。

张立刚的坦然与大度让田小秧相形见绌，她差点错过一个优质男人。这回要好好表现，田小秧想，便回短信说：

不用外面吃，就在家里吧，我买菜带去。

张立刚的回复依然快速：

也好，我在家等你。

笑意终于抿不住，从田小秧的嘴角溢出。她捏着手机，又回复了几个毫无必要的字：

知道了，大脸猫!

张立刚发来一个问号，他不知道"大脸猫"是她和闺蜜背后给他起的绰号，更不懂那是女人在撒娇。

第二天下午，田小秧去了一趟新发社，让阿邦给她做了一个焗油。做完头，从包里掏出会员卡，阿邦伸出白皙修长的手指捏住卡片：阿姐坐一会儿。转身去收银台替她刷卡。田小秧看着镜子里洗头仔竭尽瘦削的背影，两条腿亦是细，还有点微微罗圈，空荡荡的臀部连着仿佛要与下半身脱节的腰，就好像从小缺乏营养，没发育充分的样子。却因为身上白得炫目的衬衣和黑色西服背心，一眼看去，又是精干紧凑的。穿衣服分两种，一种是人撑衣，一种是衣撑人，阿邦算是被他那身西服背心撑起来了。田小秧想，这样的小身子，要是脱掉制服，换个家常衣服，就萎靡了。于是就想到张立刚，她还没见过他穿制服的样子，刑警的制服岂是洗头仔的制服可以比的？田小秧试图想象那个顶着方脑袋的男人穿着刑警制服戴着大盖帽的样子，可女人虽是细腻，想象力却一般。小时候听广播剧《刑警八〇三》也是一样，那个令她超级迷恋的男主角刘刚，竟始终没有在她脑中形成过一个具体的样貌。

阿邦结完账回来，把金卡还给田小秧：谢谢阿姐照顾生意，下次来给你做个头皮护理吧，防脱发的。说完，两只手在她鲜亮的头发上拢了拢，又伸出过于白净的手指，捻起她耳鬓边的发丝仔细理了理，就像艺术家在作品杀青前完成最后几笔。田小秧看着镜子里阿邦那几根细长白皙的手指在自己头发上捻弄，心想，今晚一定要想办法看看那双只有四根手指的手。

焕然一新的田小秧准备第四次赴张立刚的约，自认识以来，这是她最心甘情愿、最迫不及待的一次赴约。这回女儿没提议她穿粉红内裤，而是斜了她一眼，很严肃地说：妈妈，我想和你谈谈。

田小秧有些心慌：现在？什么要紧的事？

女儿直直地盯着她的眼睛：你要是想结婚，别瞒我，我和外婆一起过，没关系的。

田小秧一惊，竟红了眼圈：妈妈怎么会舍得你？

女儿无所畏忌地追问：那么就是说，你真的要结婚了？

田小秧赶紧摇头：没，没有啊！

女儿鼻子一皱,神秘兮兮地说:放心,我不会告密的。

田小秧顿时觉得被女儿戏弄了,怒火噌一下蹿起来,又心虚,不敢发作出来,只白了女儿一眼,重手重脚地解下围裙,整装待发。出门时,还是做了亏心事一般,跑去看了一眼正在做功课的女儿。女儿捏着笔,耷拉着眼皮说:不会又是半夜三更回家吧?要不要我替你向外婆解释一下?

田小秧又吓了一跳,嘴上说:解释什么?有什么要解释的?心里却想,上次和张立刚约会晚归,母亲没有追问,难道是女儿替她"解释"过了?小孩子,能想出什么理由来搪塞母亲,竟让老太太闭嘴不问?

却见女儿抬头看了她一眼:怎么还不走?淡然的眼神,看不出一丝快乐、悲伤,抑或愤怒、恐惧,什么都没有。田小秧躲开女儿直视的目光,匆匆转身,逃跑似的出了门。

去程的公交车上,脑中反复刷过女儿那句话:"你要是想结婚,别瞒我,我和外婆一起过。"还有,女儿看她时冷淡的小眼神,那是孩子的眼睛没来得及学会表达内心的感情,还是女儿遗传了她的基因,天性冷淡?那么她自己呢?究竟是不善于表达内心的感情,还是压根就是一个感情贫乏的人?这真是一个可疑的问题,她想,那个男人,大脸猫,她是爱上他了,还是从小到大她就没有间断过对一个叫"刑警八〇三"的偶像的追捧?可她不是一个追星族,她不想在任何明星的粉丝群中增添一个无足轻重的自己,即便是"刑警八〇三",在她心里都没有过一个具体的形象。

这么想着,田小秧身上专属单身女人的那点庄严和骄傲,在最近一段日子的藏匿后,春风吹又生似的顶出了并没有完全振奋起来的枝芽。

七

　　下公交车时,田小秧的面色已略有灰暗,她为自己打扮得这般山清水绿、面带喜色地去张立刚家而鄙视自己。不会掩饰情绪的女人,说好由她去买菜,又不情愿了。上次买菜就是她付的钱,张立刚会不会还给她?他若还她,她肯定是不好意思要的,但他是否主动还,那是问题的关键。

　　田小秧没去菜场,直接朝张立刚家的弄堂走去。一进弄堂口,就见三十米开外,张立刚正和那个田小秧只见过一眼的叫四毛的男人争抢什么。他那戴着线织手套的手很灵活,一把抢过四毛手里几张粉红色百元钞票,嘴里说:你还不是丢在麻将台上?都给我吧。四毛要抢回来,张立刚背过身子躲,残手毕竟不着力,还是被大块头四毛抽去了几张。四毛一边笑,一边蜷起身躯把钞票捂在怀里,肉球般朝弄堂另一边翻滚而去。张立刚追了几步，停下来，口里骂道"小逼样"，一转身，看见目瞪口呆的田小秧。

田小秧来不及缩回去了。张立刚跑过来，连拉带搂地把她往屋里领。她拖曳着双脚往前挪，脸上已是一片萧瑟。张立刚笑着说：四毛问我借钱，又去搓麻将。田小秧心里说：到底谁问谁借钱？当我傻瓜？可她没说出口，只沉默着进了屋。

一进门，张立刚就指着沙发说：你不是想看我穿制服吗？我特意穿回来了。果然，单人沙发上摊着一套黑色警察制服，一只袖子搭在扶手上，袖上缀着一枚盾形警标。张立刚凑到她耳边：要不要穿上给你看看？

田小秧的心一下子软了：不用，先买菜去吧。

张立刚却张开双臂，从背后环抱住她，大脑袋沉甸甸地抵住她的肩胛窝，压低声音，用暧昧之极的语调说：菜早就买好了，现在还不想做饭……

男人有力的双臂箍着胸口,勒得紧紧的,感觉既有一种安全感,又止不住地生出另一种恐惧感,有些矛盾,有些刺激。田小秧没有阻止他,只说:我还要给千佛手浇水呢。

男人的嘴唇几乎咬到她的耳垂:千佛手耐旱,不用浇水。

田小秧只觉胸口轻轻一疼,并不壮硕的双乳已被他满满握住。她不禁闭上眼睛:那你想做什么?说完才意识到这话有鼓励他的意思。果然,耳畔传来他几乎只有气声的呢喃:你想让我做什么,我就做什么……

田小秧并不觉得这会儿她想和男人做点什么,但不知道为什么,没有任何招架,她就顺了他,并且,这回真的生出了莫名的激情,不似第一次那样新奇而胆怯,时刻都在感知与探索那双不得而见的手,全程贯穿着揣测、试探,就分了心。有了激情,就专注起来,顾不得天还没有黑,房内还透着光，顾不得男人脱衣时一挥就不见了的内裤竟是红色的，顾不得那颗方脑袋上滴下的汗珠子近乎掷地有声地砸在她胸上，更顾不得肉体与肉体的赤诚相见里还夹带着某处不露真相的瑕疵……并且，完事后，她竟没有想到要去看看他的手，她好像忘了这件一直令她耿耿于怀的事。

天色渐暗，整个房间正朝黑暗里深深地陷落，身体内的暗潮也在退却，男人滚烫的胸怀渐渐凉下去。她蜷在那个厚实的怀抱里，几乎要睡着，手机在床头柜上发出短信提示音，她要伸手去拿，赤裸的上半身刚欠起，就被亦是半梦的男人拖了回去，顿时又跌入黑甜的温暖中。田小秧再次闭上眼睛，短信多半是广告，不看也无妨，她想，要是可以不回家，就这样睡到天亮就好了。神经紧绷了好几天的女人，一番劳作之后，终于脚瘫手软地睡了过去。

田小秧醒来时，身边的男人正摸摸索索穿衣

服，她问几点了。他按亮手机看了一下，说十点半。她吓了一跳，顿时蹿起来，黑暗中却抓不到衣服。男人说别急别急，自己穿好内衣裤，开了灯。强烈的灯光刺得田小秧眼睛一阵痛，闭了一会儿眼，再睁开，看见自己的衣服在沙发上，压着他那套刑警制服，那条女儿建议她约会穿的粉红色内裤张开着，趴在黑色制服的肩章上，触目惊心。昨天答应赴约时，她没想过要和男人上床，鬼使神差的，洗澡后换了这条粉红内裤。田小秧心里滚过一阵羞愧，快手快脚穿衣服，嘴里念叨着：要死了，睡这么久。抬头，发现张立刚站在床边，身上就一条大红内裤，光着白花花的上半身，脚上趿着拖鞋，肩上顶着一颗方脑袋，垂着两只被厚厚的灰绿色线手套包裹的手，铁臂阿童木似的，头重脚轻，比例失调。

田小秧朝墙角扭过头，不忍卒视一般：灯太亮，眼睛痛。

张立刚想去关灯，田小秧又说：算了算了。男人就杵在床边，不知所措地看着她。直到田小秧穿完衣服背起包，他才醒悟过来：你，不吃晚饭了？

田小秧没好气：吃什么晚饭啊！都半夜了。说着开门出屋，张立刚在她身后说：等等，我送你。田小秧顺手一带，房门就被她碰上了，那个垂着两只肥蠢的手，还没来得穿外衣的红内裤男人，就被薄薄的一道门挡在了另一边。

田小秧总算赶上末班公交车，上车坐定，拿出手机翻看，有一条未读短信，方圆圆七点多发来的：

速回电。

心里就有些慌，赶紧拨通了方圆圆的电话。

方圆圆劈头就问：你没和那个大脸猫碰头吧？

田小秧犹豫了一下：没，没有啊！

方圆圆松了一口气：还好，我算了一下，你应该上中班，估计你一下班就能给我回电。

田小秧今天的确应该上中班，可张立刚约她吃饭，她就调休一天。田小秧问：什么事这么急？

方圆圆说：昨天漏说了一点，"八〇三"有过一个叫张立刚的，三十岁左右，现在已经不在那里工作，大脸猫几岁？

田小秧头皮一阵发紧：三十岁左右？昨天怎么不说？田小秧清楚地记得，杨老师给她的那张通下水道广告名片上写的，张立刚是1962年出生，怎么可能三十岁左右？三十岁左右的人，怎么可能参加过对越自卫反击战？

方圆圆说：我老公都被我骂死了，这么重要的细节，怎么能漏掉……

田小秧又是一惊：你不会都告诉你老公了吧？

方圆圆支支吾吾：这个，小秧，我老公，又不是外人，干吗怕他知道？毕竟我们都是女人，关键时刻需要男人出手的。

公交车内空荡荡、黑漆漆，只有三个乘客，田小秧把手机紧贴住耳朵，什么都不想说，也不敢说。

方圆圆还在表白：我老公说，叫上几个人，去把那个骗子揍一顿，替你出口气。我说打人是犯法的，不如投诉婚介所。我老公觉得投诉婚介所没用，还不如报警。小秧，你要不要报警？我老公说，要报警就找他同学……

方圆圆一口一个"我老公"，田小秧实在听不下去了："行了圆圆，我没被他骗去什么，不用报警。"

幸好方圆圆不知道她是调休去和张立刚约会的，幸好她没告诉方圆圆她相中的男人只有四根手指，要不今夜他们这对美满的夫妻肯定会双双躺在被窝里，彻夜讨论她这个失败的单身女人如何被一个"五级伤残"的男人骗财骗色，此事又该如何成为相亲人士引以为戒的案例了吧?

田小秧把自己的闺蜜想得有些刻薄,可是此时此刻,她就是要这么想。

八

早上八点半,女儿上学去了,母亲也已去公园锻炼身体。田小秧躺在床上给单位打电话,请了两天病假。没发烧也没感冒,可她不想起床,也没有一丁点儿心情和力气去上班。她希望自己生一场病,那样她就不用打起精神来应付母亲和女儿,也不用假装状态良好地去上班了。昨晚发生的一切,就如同一列过山车在她身上飞驰而过,颠簸跌宕得过于猛烈,终于散了架,此刻已是一地狼藉。田小秧没有能力从过山车的残骸中理出事故的原委和头绪,整整一夜,她的脑子飞速运转着,却又是混沌一片,直到天明,几乎一分钟都没睡着。

枕边的手机响了一下，田小秧摸过来看，是张立刚的短信：

小秧，我想了一夜，我们一起生活吧……

这个男人也是一夜失眠，做的却并不是田小秧的噩梦。软体动物吸附在肌肤上的感觉再次袭来，拨不开、扯不掉，潮湿黏稠的纠缠。田小秧只觉浑身软绵绵，口中发苦，握着手机的手看起来都要比平时显得焦黑粗糙。此刻的女人，仿佛一片饱满盎然的绿叶一夜之间凋萎成枯叶，连对自己的痛恨，对男人的厌恶，都是那么无力，有的只是沮丧、懊恼以及对自己的失望。

张立刚还蒙在鼓里，隔一会儿又来一条短信：

小秧，我想卖掉现在这间房子，换个三室户，环境好一些，以后你就住我这边。

田小秧高度警惕的大脑立即想：小心，别上当。

张立刚又来短信：

小秧，我在老庙黄金，想给你订个钻戒，你手指号码是多少？

田小秧打了一个寒噤，心里竖起更多块警示牌，眼睛却盯着手机，等着对方继续出招。

小秧，先给你买个镯子，下次带你一起来买钻戒，挑你喜欢的。

这回是彩信，一只金手镯，繁复的镂空花，俗气的龙凤图案，被一只熟悉的线织手套托在掌心，粗鄙的灰绿色上面，一环耀眼的金灿灿。这不是从网上复制来的图片，田小秧认识那只装在套子里的手。

田小秧按兵不动，胃里一阵阵泛酸，昨晚就没吃饭，直到现在，她粒米未进。饥饿是一种不错的感觉，小时候，父母吵架的日子，她就是这般饥饿着，却又自我满足着，没有一丝恐惧与慌张。她甚至有些依赖这种肚子里空荡荡的感觉，胃酸附着在胃壁上，平滑肌一阵强过一阵地蠕动，偶尔发出一两声"咕咕"鸣叫。独自一人听这鸣叫声，就好像听到躲在腹中的另一个自己心照不宣的回音。她沉浸其中，在一个秘密的空间与另一个自己交流，没有人知道，她拥有这种自由而隐秘的快乐。此刻，强烈的饥饿感掩盖了另一种灾难降临的激烈和慌乱。田小秧捏着手机，等待着胃里接下去的一波潮动，心里想着，他应该还会来短信。

果然，张立刚的短信又追来：

手镯样子还喜欢吗?

混沌的大脑被饥饿激醒,田小秧忽然有了些微好奇心,以及某种不明所以的兴奋。思忖片刻,回复道:

其实可以去香港买,货好,还便宜。

她不再掩饰自己的世俗气,她想知道他究竟是谁,倘若他真是个骗子,为什么要让她去他家里?没有一个骗子会笨到暴露自己的住址。方圆圆的老公托人查到的信息肯定准确吗?口口相传的消息,怎么保证不传错?田小秧满心铺设好的警示牌周围,长出了千万种需要求证的疑惑。

上午十时左右,方圆圆来电话:小秧,那男人有没有找你?

田小秧这回撒谎一点都不犹豫:来过电话,被我挂断了。

方圆圆叮嘱：千万别再理他了……

田小秧心想：还用你来嘱咐我？嘴上却说"知道了"。她不想告诉方圆圆实情，现在，她非常讨厌方圆圆什么都想替她拿捏，连去婚介所登记征婚这种事都替她操办，也讨厌自己之前告诉方圆圆太多。也许，她介意的并不是被张立刚骗去什么，而是被方圆圆或者别人知道她受骗了，那才是最让她无地自容的事。

中午，张立刚又发来一条短信：

> 亲爱的，太阳这么好，我在想你，每时每刻，你呢？

田小秧看了一眼窗外的天空，果然，春末的阳光很是炫目，天色难得地呈现一片碧蓝，几乎没有云。她眯着眼睛看天，感觉有些恍惚，好像一条发自热恋中的男人的短信,把她带进了某种不明所以的浪漫中。她坐起身,推开床边的窗户,似要让自己更加靠近深不见底的蓝天一般,探出脑袋,深深地吸入一口拂过窗口的凉风,然后,重重地叹出一团积郁的浊气,呼吸间,喉头竟没来由地哽咽起来。

田小秧穿好衣服,洗漱干净后出了门。她不想逼迫自己留在家里与一个不明来由的男人隔空对峙,其实她应该对自己好一点的,去一趟新发社,让阿邦替她修护一下头发,或者,只是为修护一下不小心被撕开了口子的心。

中午时分,新发社内顾客不多,两三个洗头仔正围着一个戴假发套的塑料脑袋聊天,阿邦也在其中。田小秧推开大玻璃门进店,阿邦立即迎上来:阿姐来啦!今天想做什么?

"头皮护理。"田小秧情绪低落,一个字都不肯多说。

阿邦上前一步,扶住田小秧一条手臂:头皮护理，好的，阿姐这边坐。

田小秧理所当然地让阿邦扶着坐上理发椅，接下去，洗头仔开始在他的女客人脑袋上操作起来。先打湿头发，尔后一边喷洒按摩液，一边揉捏。年轻男人的十个手指一次次按在头皮上，每一次，田小秧都能感觉到十个清晰的着力点，间或两只手掌整个地捧着她的头颅，用力拢住、按压，似要用掌心的热度捂暖她的头皮。阿邦的手艺可算上乘，在他的手下，田小秧仿佛得到了某种踏实的、安心的抚慰，本是萧条的心境，竟回暖了几许。她抬眼看镜子，洗头仔正专注于手下的脑袋，两只白净修长的手，犹如舞蹈般在她头上轻盈跃动，却又不是软弱无力，而是需要内功的，落在筋骨肌肤上，是柔韧，又是透彻。田小秧看着镜子，她第一次发现，男人的手，是可以这样性感的。

莫名其妙地，田小秧摸出手机，在阿邦的眼皮底下打了两行诗一般的句子：

你若爱我，请告诉我你是谁；你若真诚，我的世界才是晴空。

短信发出，目标是张立刚。田小秧从未尝试过这样的表达，她也从来不是一个诗情画意的女人。诗一样的短信发出后，田小秧再次感觉到了羞耻，为男人的荷尔蒙信息传递给她的某种欲念，为此刻依然心存的侥幸。

半个小时过去了，手机没有动静，一个小时过去了，手机依然没有动静。阿邦在田小秧身后说：阿姐，护理做好了，头发给你吹了一下，还有什么需要吗？

田小秧对着镜子扯了扯嘴角，努力微笑了一下：谢谢你，阿邦。

走出新发社大门，阿邦的声音从背后传来：阿姐走好，再来啊！

田小秧没有回头,她背对着新发社大门,抬眼看天,努动嘴唇,无声地骂了一句:骗子!早已熬红的眼睛里,终于滂沱泪下。

九

落过一场浩浩荡荡的眼泪,田小秧感到深深的疲惫,回家就躺倒在床上。短信提示音响了一下,她抓起手机看,却不是张立刚的回信,而是银联卡到薪提醒,这个月的工资进账了。她想起女儿的抚养费,陈中华已连续两个月没打到卡上,算上这个月,已经三次,共九百元。

其实何止九百元,离婚五年来,陈中华有过无数次缺漏抚养费的案底。田小秧不是泼辣的女人,吵架她最不拿手,她擅长的就是生闷气,对陈中华构不成任何威胁。倒是母亲出头,找到陈中华单位。兴许领导找他谈过话,接下去几个月,三百元抚养费就会准时到卡。可是一段时间后又会旧病复发，总之隔半年就要漏掉几次。田小秧束手无策，幸而没有靠这笔钱养活女儿，多三百元不会给生活带来改观，少三百元日子也没降低品质。这么想想，田小秧也就心平气和了，无赖的男人，不来往更省心。

然而此刻，想起陈中华缺漏的抚养费，田小秧却做不到以往的心平气和了，她咬牙切齿地想：就算养一条宠物狗，一个月的狗粮钱都不止三百元……被一个男人欺负了那么久，又有一个男人来欺骗她，总是躲不过被男人欺的女人，这会儿，终于无法再坐视男人为所欲为。田小秧忽然生出了斗志，摩拳擦掌，在手机上打下一条短信：

陈中华，我正式通知你，我将上诉法院，要求提高女儿抚养费至八百元，如有疑问请找律师与我联系。

按发送键时,田小秧的手有些颤抖,不是害怕,而是激动。

天知道她为什么冲着陈中华开战,而不是张立刚。

现在,田小秧为自己设定了两个敌人,她握着手机,等待着回音。她不想让自己睡着,短信或许随时都会进来,不管是张立刚的,还是陈中华的。她也并不十分清楚,她到底是在等哪一个的短信。五分钟过去了,手机没有声响,十分钟过去了,依然没有。女儿还没放学,母亲还在老年活动中心打牌,她独自病假在家,却像一只自由而又彷徨的老鼠,一会儿去饮水机边倒半杯水喝,一会儿进厨房拿一块抹布擦一擦干净的灶台,一会儿又到洗手间站在镜子前毫无必要地照了照自己。她发现自己瘦了,就这么几天,身上掉了不少肉,两颊明显凹陷,眼眶内扣,鱼尾纹浓密而又深刻,眼圈上还浮着一轮黲黑的晕影,目光却灼亮,简直咄咄逼人,谁要是被盯上,一定会被烫伤。此刻的田小秧,仿佛一个从未参加过战争的人忽然进入迎战状态,过于壮大的决心,过于沉重的压力,甚而过于亢奋的情绪,都使毫无战斗经验的女人脸上呈现出憔悴而又悲壮的表情。

手机已经被田小秧握得发烫,却没有发出任何声响。敌人并未及时应战,他们显然比她有经验得多,这让准备作战的女人焦躁不安。田小秧决定泡个澡,也许这是一场漫长的战斗,她需要平稳沉着的情绪以及持久的耐力。

浴缸里放满了热水,田小秧把手机放在旁边的抽水马桶盖上,然后脱掉衣服,跨进浴缸,赤裸的身体往下一埋,想要洗心革面似的,也不管阿邦刚替她做过头发,连同脑袋,整个地把自己淹入了水中。就在这当口,"叮"的一声,马桶盖一阵颤抖,短信来了。田小秧一跃而起,披着一身热气腾腾的水扑向马桶,湿淋淋的手臂飞速扫到马桶盖。手机,那只精灵般的手机,忽然就变成了一条滑溜溜的鱼,"嗖"地一下窜进浴缸,一瞬间,沉进了水底……

女儿放学回家,来不及卸下背上的大书包,就把右手伸到田小秧眼前,大拇指和食指间捻着的一片五角硬币大小的圆纸片。田小秧倒吸一口冷气:这个,哪里来的?

我们家猫眼上的呀!女儿调皮地把纸片贴在鼻尖上:我按门铃的时候看见的,隔壁三○一的猫眼上也有,三○三的猫眼上也有,都被我撕下来了。

女儿摊开左手,掌心里躺着好几片同样的圆纸片。田小秧的后背霎时冒出一层冷汗,她一把夺过女儿手里的纸片,转身进卧室,拿起床头柜上的手机,胡乱地按了一通所有可以按的键钮。适才经历过一番热水洗浴的手机固执地保持着静默,所有外界的信息,好的或者坏的,吉利的或者不祥的,都被这么一只小小的东西阻隔了。

田小秧准备出门去修手机,她关照女儿:有人敲门千万不要开。

女儿问:外婆敲门呢?

田小秧说:外婆有钥匙……说着就听见门铃声。田小秧凑到猫眼上看,是母亲变形的长脸,开门拉进老太太,又赶紧关上门,说:我出去一趟,修手机,谁敲门都不要开。

母亲问:出什么事了?

田小秧说:没什么,安全起见。

母亲撇了撇嘴,一脸鄙夷:今天才晓得要安全?早干嘛去了?你要是晓得安全,就不会认识个男的就跟人去……

母亲说的也许是陈中华,或者最近发生的事,老太太已有所察觉?田小秧急着出门,无从整理思路,也没心思回嘴。母亲还在唠叨:你要是有本事,就正经找个有钱有势又对你好的……

田小秧忽然吼出一声：强盗要上门抢劫了！

十

手机要一个礼拜才能修好，田小秧请了一周疗休养假，这一个礼拜，她几乎没敢迈出家门一步。然而并没有盗贼敲门闯进她的家，她家和邻居家的猫眼上，也没有再被那种圆形小纸片贴住。这几天，小区物业显示屏上轮番播放着超大字体的防贼防盗宣传，居委会阿姨老师们一个小时巡察一次，夜里还有保安巡逻。也许盗贼发现此地不利作案，偃旗息鼓了。只是，这一个礼拜，田小秧也没有任何渠道得到张立刚或者陈中华的消息。她无从知晓，倘若手机畅通，她会不会得到答案，那个叫张立刚的男人，究竟是谁？是"八〇三"刑警，还是曾经的"八〇三"刑警，如今的骗犯、盗窃犯？或者，只是一个人畜无害的单身王老五？还有，陈中华收到那条她要状告到法院提高抚养费的信息后，会有什么反应？现在，田小秧什么都不知道。

　　一周后，田小秧去修理铺拿回了手机，装上电话卡，立即有好几条短信进来。逐条查看，有广告短信，也有医保年费公告，方圆圆也发来两条短信，一条问她为什么关机，另一条是检讨自己，不该把征婚的事告诉老公，看在多年闺蜜分上，请田小秧别生她气。没有一条是张立刚的，至少最近四十八小时他没给她发过信息，不然短信中心会延时保存。田小秧确定，他给她打过很多次电话，发过很多条短信，但是手机一概拒收，他只能放弃了。这样也好，算无疾而终，只是有些遗憾，她想起他的手，此刻回忆起来，仅是一副灰绿色线织手套，毛拉拉的，指头顶端有些瘪塌，那双装在套子里的手，却自始至终未曾见到。

　　田小秧给方圆圆回复短信：

手机坏了,刚修好。

方圆圆立即打来电话,刻意压低的嗓门流露出抑制不住的兴奋:小秧,告诉你一个特大新闻,陈中华的儿子是个脑瘫儿……

田小秧心里一紧:你怎么知道?

方圆圆:前天我去报亭买这个月的《ELLE》,大饼脸报亭妹正关店门,推着婴儿车要去医院,我顺嘴安慰了她几句,她眼泪就掉下来了,说上个礼拜刚确诊,孩子脑瘫,快两岁了还不会走路……田小秧听得有些难受,并不是同情陈中华,而是莫名地想到了女儿。她想,她如此轻易就拥有一个健康的孩子,那是老天对她的偏心和眷顾吧?要是那个脑瘫儿是她的孩子,那她该怎么办?想想都要惊出一身冷汗,便打断电话那头八卦不断的闺蜜:圆圆,我妈她们老年舞蹈团去余姚旅游,带回了新鲜杨梅,给你留了一篮,下午我去你家,见面再细说吧。

下午，去方圆圆家路上，经过联华超市，田小秧特意看了一眼对面的报亭，果然大门紧闭，想必忙于给孩子求医看病。虽然，至今她还不敢肯定那个报亭妹是不是陈中华如今的妻子，但她还是既忧虑又庆幸地想：也许，不用嫁一个比陈中华优质得多的男人来证明什么，他已经过得很惨，算了，放过他吧。

这么想着，田小秧忽然生出了强烈的花钱的欲望，不能说为了庆祝什么，也不能说要宣泄什么，总之，特别复杂的情绪。于是进联华超市，买了方圆圆爱吃的老大房糯米糕团，还有方圆圆老公喜欢的金枕大榴莲，然后，提着香喷喷的糕团、臭熏熏的榴莲、红彤彤的杨梅，进了方圆圆家的小区。

方圆圆住一楼，走进楼洞，只见家门敞开着，女主人立在门口，地上躺着一卷螺旋钢丝，连着一台电钻似的工具。田小秧问：这是干吗呢？

方圆圆说：卫生间下水道堵住了，师傅正在

通，很快就好了，不碍我们说话。

方圆圆家是复式房，上下两层，田小秧熟门熟路地到跃层的榻榻米里坐下。从这个角度往下看，可以看见一层卫生间敞开的门，门内的修理工被挡住了大半，看不分明，但能感觉到躯体的动作，似乎在转手摇柄，想必正在操作某种器械。田小秧能看见的，只是半个蓝色工作服的肩膀和后背，半个蓝色工作帽的脑袋，一条伸直的左臂，以及有些费力地握着下水道疏通器的左手，戴着线织手套，灰绿色……

方圆圆端着茶壶进榻榻米，发现田小秧盯着卫生间方向出神，便在她耳边小声说：看见通下水道的师傅了吗？手指头断了好几根，听说年轻时当兵炸伤的，退伍回来干过几年公安，大概是协警吧，因为伤残没转正，就承包了街道物业的修理部，手下好几个工人呢。现在修理工很赚钱的，月收入万元以上。手有残，干活还这么卖力，这就叫身残志坚……

田小秧的脸色有些发白,耳朵里一片嗡嗡轰鸣,方圆圆唠唠叨叨说了不少,可她几乎一句都听不见,脑中反复闪过婚介所杨老师给她的那张名片,正面印着:

通下水道请打电话13990037535。

反面,是一行"杨氏手抄体":

张立刚,1962年10月生,公安部门工作……

田小秧没喝茶,只说还有事,就低着头下跃层梯,低着头出了门,把闺蜜抛在身后,闺蜜一脸不明所以的愕然。

适才来路上,田小秧暗暗决定要放过前夫,现在她觉得,她应该放过的是自己。

十一

婚介所杨老师给田小秧推荐了第二个和第三个适配男方,完成了三次定额。一个是档案馆的科员,太老了,比她大足足十二岁,田小秧一口拒绝。另一个,是化工学校教《高分子》的老师,丧偶,无子女。这回条件绝佳,可田小秧还是拒绝了,没说原因。虽然人家是化工学校正宗的老师,可她这个化工企业的"师傅",未必看得上那种叫"老师"的人。

方圆圆劝她:谨慎需要,但也不用"一朝被蛇咬,十年怕井绳",女人呢,身边总归要有个男人,除非你性冷淡。

田小秧半真半假说:你怎么知道我没有男人?

方圆圆惊叫:谁?快告诉我。

田小秧笑笑:骗你的,还真信。

现在，田小秧很少在方圆圆面前透露自己的私事，她总有些"掩耳盗铃"，好像自己不说，别人永远不会知道似的。

新发社的会员卡，田小秧又去续了一千元。如今，她差不多三个礼拜做一次头，一个月做一次脸部护理或者颈椎按摩。她很享受阿邦的手艺，走进新发社，她就把她的头发、脑袋、耳洞、脸面、脖颈，全数交给了那个长着铁兰花一样漂亮手指的洗头仔。被一双健而又性感的男人的手伺候，花钱就可以。

田小秧迷上了多肉植物，她从花鸟市场买回好几盆，除了千佛手，还有虹之玉、鹿角海棠以及乙女心。那几盆植物，无一例外长着密集而又饱满的圆柱体叶瓣，寸长，远远看去，就像一根根胖嘟嘟、水灵灵的绿手指，七手八脚地指向天空。

——原刊于《长江文艺》 2017 年第 1 期

图书在版编目（CIP）数据

越野/薛舒著.-上海：上海文艺出版社.2021
ISBN 978-7-5321-7501-7
Ⅰ.①越… Ⅱ.①薛… Ⅲ.①短篇小说－小说集－中国－当代
Ⅳ.①I247.7
中国版本图书馆CIP数据核字(2020)第041964号

发 行 人：	毕　胜
策　　划：	李伟长
责任编辑：	丁元昌
封面设计：	钱　祯
封面插画：	施晓颉×公号：痴吃喵
书　　名：	越　野
作　　者：	薛　舒
出　　版：	上海世纪出版集团　上海文艺出版社
地　　址：	上海市绍兴路7号　200020
发　　行：	上海文艺出版社发行中心
	上海市绍兴路50号　200020　www.ewen.co
印　　刷：	杭州锦鸿数码印刷有限公司
开　　本：	787×1092　1/32
印　　张：	6.5
插　　页：	5
字　　数：	78,000
印　　次：	2021年1月第1版　2021年1月第1次印刷
Ｉ Ｓ Ｂ Ｎ：	978-7-5321-7501-7/I・5968
定　　价：	46.00元
告 读 者：	**如发现本书有质量问题请与印刷厂质量科联系　T:0571-88855633**